過去からの密命

北町影同心2

沖田正午

JN170389

時代小説

二見時代小説文庫

目次

過去からの密命——北町影同心2

第一章　北町奉行の意図

一

その日音乃《おとの》は、義父である巽　丈一郎《たつみじょういちろう》と共に日本橋本石町《ほんこく》に足を向けていた。家を出たのが昼八ツを過ぎたあたり。それから四半刻ほど歩き、二人は外濠につき当たる手前の、檜物町《ひもの》に差しかかったところであった。

「なんの騒ぎかしら？」

一町先で、人だかりがしているのに音乃が気づき、丈一郎に声をかけた。

「行ってみよう」

二人は、いく分速足にして近づく。

檜物町は、檜《ひのき》や杉などの薄板を使って櫃《ひつ》や三方《さんぼう》などを作る、曲げ物職人が多く住むところからその名の由来があった。

「どけどけ、どけい」

怒声が聞こえ、人だかりが二つに割れた。

家の中から出てきたのは、捕り手に早縄を打たれた三十歳前後の、黒の腹掛けをした曲げ物職人とみられる男である。

昼日中の捕り物であった。

捕り手の脇に立つのは、三つ紋の入った黒羽織に平袴《ひらばかま》を穿《は》く役人である。手には鋼鉄でできた六角の、重そうな十手《じって》をもっている。

「おや……？」

丈一郎の見覚えがある顔であった。

「町方《まちかた》ではないようですね」

名を思い出そうとしているところに、音乃が小声で話しかけた。

「あれは、火盗改《かとうあらため》だ……なんといったか？」

「お義父《とう》さま、どうかなされましたか？」

「いや、なんでもない」

丈一郎が話を逸《そ》らしたのは、火盗改の顔が向いたからだ。

火盗改の、捕り物の現場を目にするのは、音乃は初めてであった。

「あっしは、やってねえ……」

体の自由を奪われるものの、全身を振るって男は訴える。縛られる前に相当叩かれたか、顔面は腫れ上がり、口からは血を垂らしている。腕や足にも相当数打擲の傷痕がついている。

「おまえが火を付けたとの、訴えがあった」

火付けの廉《かど》であるようだ。

「申し開きは火盗改の役宅で聞く。引っ立ていっ」

顔の長い馬面《うまづら》の同心が、捕り手に向けて命じた。

「捕り縄をもってる捕り手は、差口《さしぐち》奉公といってな、火盗改同心の手下で、いわば町方の岡っ引きと同じと思えばよい。本来ならば、差口奉公を使うのは禁じられているのだが、そんなお触れなどあってないようなものだ。誰しも内密どころか公然と使い、それで咎《とが》められることはない」

丈一郎が、音乃に説いた。

手柄を立てたいために、同心や差口がつるんでの、無謀な探索や捕り方が横行している。

火盗改の過酷さを丈一郎は憂いていた。

「とっとと、歩きやがれ！」

縄を取る差口が、捕らえた男の背中を木剣で叩きながら引っ立てる。叩く音があたりに響き、そのたびに人々は顔を顰《しか》めてその様を見やった。

「ずいぶんと、手荒な……」

「あれが火盗のやり方だ。音乃もよく見ておけ」

「はい」

町方役人では、あれほど手酷《ひど》い仕打ちはするまい。音乃は眉間にしわを寄せ、苦渋の顔をしてその様子を見やった。

「さして調べもせず、怪しいとしただけで容赦なく捕縛するのが火盗というものだ。下手人《げしゅにん》として捕らえれば、調べに手心《てごころ》を加えることはない。抗《あらが》えば、斬り捨ててもよいという権限が与えられている。火盗に目をつけられ捕まったとしたら、生きて帰れることはまずないだろう」

丈一郎の声音《こわね》が、さらに低くなった。

音乃と丈一郎の目の前を、捕り方の一行が通り過ぎていく。

犯罪を減らすために、町方は見廻りを重視するが、火盗改は威嚇《いかく》で抑制する方針を貫いている。それがときとしていき過ぎたものとなり、町人たちから恐れられる要因にもなっていた。

町奉行所と火付盗賊改方《ひつけとうぞくあらためかた》の、似て非なる違いを肌で感じた音乃であった。

職人の女房と、三歳ほどの男の子が地べたに崩れ落ち、号泣《ごうきゅう》しているその姿が音乃の目にしっかりと焼きついた。

丈一郎は、火盗改同心の名を思い出せぬままその場をあとにした。

文政《ぶんせい》三年は卯月《うげつ》の中旬、躑躅《つつじ》の花が見ごろの時節であった。

二

それから一月《ひと》以上前に遡《さかのぼ》る弥生《やよい》の半ば、北町奉行所の御用部屋でのことである。

「――この奉行直々《じきじき》の影同心として、江戸市中の人々の役に立ってくれ」

音乃に向けて、北町奉行榊原忠之《さかきばらただゆき》からの打診であった。

元より音乃は、定町廻り同心であった亡き夫《おっと》巽真之介《しんのすけ》の遺志を引き継ぐことを決めていた。そのときは『望むところです』と、きっぱりとした口調で答えている。

二十二年前、三百五十石取り旗本奥田《おくだ》義兵衛《ぎへえ》の三女として生まれた音乃は、幼いころから木剣の柄《つか》を握る娘であった。伊東一刀斎《いとういっとうさい》を祖とした一刀流戸塚《とつか》道場の、師範代を務めたほどの腕前である。剣術のほかにも、素手で相手を倒す合気道や薙刀《なぎなた》にも精通している。

音乃は、生まれながらの美貌に加え、文武にも秀でる才女である。それは、誰しもが認めている。

奉行榊原に『――江戸広しといえど、これほどの女はそうはおるまい』と、言わしめさせたほどである。

そんな音乃が惚れたのが、北町奉行所定町廻り同心巽真之介であった。

音乃の乙女心は『閻魔《えんま》の使い』と異名を取った凄腕同心の凛々《りり》しさに惹《ひ》かれた。そして、半ば押しかけるようにして嫁《とつ》いだのである。

嫁いで二年、同心の妻としてつつがなく幸せな日々を送っていたのだが、ある日を境に生活が一変する。凶悪事件の夜盗を深追いし、真之介ははからずも凶刃《きょうじん》に倒れてしまった。

若くして後家となった音乃は、その後の人生に、自分の才を世の中の人のために働かせようと誓いを立てたのであった。

北町奉行との謁見の場には、義父である巽丈一郎も同席していた。

丈一郎は、一年前に臨時廻り同心の役から退《しりぞ》き、隠居の身であった。

「互いに手をたずさえ、真之介の代わりとなって励んでくれ」

丈一郎にも奉行から声がかかり、再び陽の目を見る転機が訪れたのである。


家に戻り、音乃と丈一郎の間で、こんな会話がなされた。

「音乃は、本当にそれでよいのか？」

「何がでございましょうか、お義父さま？」

「お奉行から言われたことだ。奉行直々の影同心になれと……」

「それでしたら、わたくしの気持ちははっきりとしております。地獄の番人となった夫のもとへ、悪人どもをどんどん送り込んであげますわ」

心の中に、一分《いちぶ》の揺るぎもないと言い切る。

「お義父さまも、ご決意なされたではないですか。それに、ご自分でも再び世の中のお役に立てると……」

「言うには言うたがのう、それよりも音乃のこれからの幸せのほうが大事とも思える。それほどの美貌に生まれついて、賢くもある。どこぞ良家の嫁になり、安泰に暮らす道もあるのだぞ」

「お言葉を返すようですが、お義父さま。わたくし、最初《はな》からこれほどもそんな生活を望んではおりません」

指の先がくっつくほど丸めて、音乃は気持ちの内を示した。

「その気持ちは、まことか？」

「むろんでございます。なぜ、お義父さまはそんなことを……？」

訊くのかという思いが顔に表れ、整った眉間に一筋の縦皺ができた。

「いや、すまぬ。音乃の気持ちをたしかめさせてもらっただけだ」

音乃は首を振って答える。

「お義父さまとご一緒に、世の中のお役に立つことが、わたくしの一番の幸せなのです」

「分かった。もうくどくどとは言うまい。ならば、これからはわしも体を鍛えねばならん。音乃、剣の稽古の相手になってくれ」

体が鈍《なま》っては、いざというときにはどうにもならない。奉行から、音乃と共に影御用に仰せつけられた丈一郎は一念発起する。

「かしこまりました。ご一緒に、稽古に励みましょう」

音乃としても相手のある剣術稽古には、空白の期間がある。実戦には不安があった。

「――奉行の指令が下《くだ》るまで、動かぬでよい」

筆頭与力の梶村《かじむら》のはからいで、しばらくは八丁堀《はっちょうぼり》の役宅に住めることになった。

五十一歳の体に鞭を打ち、役宅での朝の猛稽古がはじまったのである。

丈一郎は、神道無念流《しんとうむねんりゅう》の遣い手でかつては鳴らした。

息子真之介が閻魔なら、その父丈一郎は『鬼同心』の異名をもっていた。

しかし、現役を退いてからというもの、気力だけはほとばしるのだが、体の衰えは否《いな》めない。稽古を再開した当初は動きも鈍く、音乃から木剣で腕や胴などを容赦なく叩かれることもたびたびあった。

顔に似合わず、音乃の打ち込みは厳しいものがあった。

「大丈夫ですか、お義父さま？」

木剣が体のどこかを打つたびに、音乃が心配そうにして問う。

「なんのこれしき。もう一丁だ、遠慮せずに打ち込んできなさい」

そうしてまた一箇所、打撲で顔を顰める。

「このごろ腰が痛いの、膝が痛いのと言ってたわりには、稽古の傷には耐えられるのですね」

傷の手当てをしてもらうたびに、妻の律《りつ》から揶揄《やゆ》される。音乃に打たれるたびに、自分は生きているのだと実感できるのだ。不思議なものよ」

体のあちこちに生傷や痣《あざ》が絶えなかったものが、半月もしてからは、打たれる回数も少なくなり、やがては互角の勝負へともち込めるようになった。

「さすがお義父さま。たいした腕前……」

「人間いくつになっても、励みというのは必要なものだな。家に引っ込んでばかりいては、こんな心地よい気持ちにはならん。音乃のおかげで、もう一度人生を立ち上げる気になった」

二の腕に力瘤《こぶ》を作り、丈一郎は五十一歳の漲《みなぎ》りを音乃に示した。

「まあ、凄い。これでしたら、もういつでもお奉行様からお呼びが来てもよろしいですね」

「ああ、早く来んかと首を長くして待っておるのにのう」

奉行所からの使いが来たのは、奉行榊原から打診されたおよそ一月後であった。

音乃は朝稽古が済むと、すぐに朝餉《あさげ》の仕度《したく》に取りかかるので忙しい。丈一郎の妻である律は、貧血気味で早起きに弱い。そのため真之介が亡くなった今も、朝食に関しては、音乃が努《つと》めておこなっている。

稽古が済み、丈一郎が諸肌《もろはだ》を脱いで汗を拭っているところに声がかかった。

「朝稽古でござりますか？　ずいぶんと、お励みでござりまするな」

役宅の、狭い庭である。横木を梁《はり》渡しただけの冠木門《かぶきもん》を潜《くぐ》ると、庭が見渡せる。戸口まで行くこともなく、丈一郎の姿を認めた若侍の声であった。

二十歳を過ぎたあたりであろうか、丈一郎は初めて見る顔である。

「卒爾《そつじ》に存じますが、巽丈一郎様でございますでしょうか？」

「いかにも。それで、どちらさまで……？」

眉間に皺を寄せ、丈一郎が問うた。

「拙者、北町奉行所の見習同心……」

「……来たか」

奉行所同心と聞いて、丈一郎は深く頭を下げた。

同心がもたらせた報せは、本日昼八ツ半に奉行所に来いとの、与力梶村からの託《ことづ》けであった。

「いよいよですね、お義父さま」

「ああ、いよいよだな」

与力梶村からの使いならば、北町奉行との目通りである。

奉行榊原から、どのような指令が下るか分からない。沢庵《たくあん》を嚙み砕きながら、音乃は、どんな仕事がもたらされるのかと、思いを巡らせていた。

「やはり、男は仕事ぞ」

丈一郎の漲りを、肌で感じとったのは妻の律であった。

「あなた、よかったですわね」

息子真之介を失ってから丈一郎の気力は失せ、急に老《ふ》け込んだと、律は憂いていた。それが、この一月のうちに、丈一郎の血色が見違えるほどよくなり、若かりしときの精力が甦《よみがえ》った夫に接して感極まるか、律は膝の上に涙を一滴落とした。

「何を泣いておる?」

「もう、うれしくて……」

袖の袂で、涙を拭う。

「泣いてなんぞいる暇はないぞ。もう一膳、お代わりだ」

空《から》になった飯碗を、律に向けて差し出す。

「腹が減っては、戦《いくさ》はできんというからの」

食欲も、旺盛になった。

「朝稽古のおかげで、腹が減る。こんなにめしがうまいと思えたことはないぞ」

丈一郎の口が、いつに増して軽い。

「それは、ようございました」

夫婦のやり取りを聞きながら、音乃は思う。

――ご飯がおいしいのは、朝稽古のおかげばかりではなさそう。

気持ちの張りというのが、これほど人を変えさせるものかと、実感する音乃であった。

「お義父さま、どんなお仕事がもたらされるのでしょうね？」

朝餉も済み、茶を啜《すす》りながらの語らいとなった。

「いや分からんが、かなり難しい仕事になるやもしれん。覚悟をしとかねばならんの」

「難しいお仕事とは？」

「現役の三廻《みまわ》り同心が手をかけない仕事、いや事件といっていいだろう。音乃は、どんなものだと思う？」

「さて？　ただ一つだけ思い当たるとすれば、今まで解決してない事件を探れというご下命ではないでしょうか」

「ということは、お宮《くら》入りになった事件ということか。うーむ、それはあるな」

腕を組み、丈一郎はじっと考える素振りとなった。丈一郎が現役だったころも、大なり小なり、下手人を捕らえられずにお宮入りになった事件がいくつもあった。

「たしかお奉行は、あのとき『影同心』とおっしゃったな」

「はい。たしかにそうおっしゃっておられました」

「ということは、隠密廻り同心とはまた別のものであろう。さてと、どんな事件がもたらされるのだろうかのう」

湯呑に茶を注《つ》ぎながら、丈一郎の話を律が聞いている。

「あなた、分からぬものにあれこれと頭を巡らしておりますと、さらに髪が真っ白になって、やがては抜けてしまいますわよ」

この一年で、かなり白髪の多くなった丈一郎の頭髪を見やりながら律が言った。

「いや、これがいいのだ。人間、考えることもしなくなったら、それこそ老けてしまう。こんなことをいろいろと思い巡らすのも、楽しいものだぞ。のう、音乃……」

「また、音乃さんに同意を求める」

少しばかり、悋気《りんき》の虫が走る律であった。でも、音乃の潑剌《はつらつ》とした若気と美貌に触れて、丈一郎は気力を取り戻した。多少ならば許せると、律は大目に見ることにしていた。

三

音乃と丈一郎は、八ツ半を前にして北町奉行所に赴《おもむ》いた。

まずは、与力梶村に目通りをする。

「お奉行がお城から戻ってござる。音乃どのを、待ちかねておられるぞ」

梶村の言葉で、奉行の榊原がどれほど音乃を気に入っているのかが分かる。それを聞いてにんまりと顔に笑みを含ませたのは、丈一郎であった。

奉行榊原の御用部屋で待つことしばらく、四十九歳の潑剌とした顔が部屋へと入ってきた。裃《かみしも》を纏《まと》った正装は、これから裁きでもあるのだろうか。

上座に座る早々、榊原が口にする。

「どうだ、元気にしておったか音乃？　真之介が亡くなり早一月になるが、落ち着いたか」

「はい。気持ちは落ち着きましたが、やはり寂しいものでございます」

「さもあろう」

「ですが、真之介さまはわたくしの心の内で生きております。寂しいなどと言ったら、叱られそうな気がして……」

「なるほど、気丈なものよ。とあらば、実家に戻る気はないのだな？」

「はい。毛頭も、そのつもりはございません。これから先も、ずっと真之介さまの女房として生きていきます」

「ならばも一度問うが、閻魔の女房となって、この奉行直々の影になってくれるというのだな？」

「はい。それは、以前にもお答えいたしております」

「わしが一月《ひとつき》放っておいたのはだ、その間に音乃の気持ちに揺るぎが出るのではないかと思ってな、改めて今の気持ちをたしかめたかったのだ。その美貌だし、数多《あまた》言い寄る男もおるだろう。気が変わるのではないかとな」

「お奉行様、ご懸念にはおよびません。今でも、わたくしの夫は真之介さま一人でございます」

「すまぬ、くどかったな。音乃の気持ちは、これでわしも深く汲み取った。ところで、丈一郎……」

「はっ」

二歳上ではあるが、身分は月と鼈《すっぽん》の差がある。丈一郎は畳に手をついて、拝した。

奉行榊原と二人の間には、相撲の行事のように与力の梶村が控えている。

「丈一郎にも問うが、この先音乃と共に手を貸してくれる気があるのだな？」

「もとより、そのつもりでございます」

「されば だ……」

梶村にも申し渡すように、榊原の声音が一際大きくなった。

「巽丈一郎を、この奉行直々の影同心として奉行所に戻すことにする。音乃は丈一郎と共に、亡き夫真之介の遺志を引き継ぐこと」

まずは榊原から命《めい》が下った。

「はっ」

丈一郎と音乃は、奉行の言葉を畳に額《ひたい》をつけるまで拝して聞き取った。

「よいから面《おもて》を上げよ。そんな格好でいられては、大事な話がしづらいからの」

二人の体が起き上がり、再び榊原と向かい合った。榊原の話がつづく。

「隠密廻り同心は二名と定められているが、それはあくまでも杓子定規《しゃくしじょうぎ》の決まりごとだ。そこでわしは考えたのだが、丈一郎を復職させて影同心とし、音乃と共に真之介の代りにさせようとな。隠密廻り同心とはまったく別なもので、そこからかけ離れたところで二人には働いてもらう」

「かけ離れたところと申しますのは……？」

丈一郎が榊原に問うた。

「それは、のちほど梶村から詳しく聞くがよい。それでは、今後もよしなに頼むぞ。わしはこれから白州《しらす》に出て裁きをせんといかんでな……」

言うと榊原は立ち上がり、奉行直々の辞令だけを残して去っていった。

一番組筆頭与力の、梶村と向かい合う。

北町奉行所与力二十五騎の中でも、最上の位である。梶村の配下につくということは、それだけでも重要な任務と知れる。

梶村の膝元に、紫の布に包まれたものが置かれている。梶村はそれを手にすると、丈一郎の前に差し出した。

「まずはこれだ」

包みを開けると、真鍮《しんちゅう》銀流しの十手《じって》であった。取っ手には、朱房の紐が巻かれている。

「謹んで、預からせていただきます」

五十歳を機に引退し、一度は返上した十手を丈一郎は一年ぶりに手にした。

「……いい感触だ」

両手で手にする十手を眺め、丈一郎は感慨に浸った。

「まじまじと眺めるのは、家に戻ってからにせよ」

笑みを含ませ、梶原がたしなめる。

「影同心は普段は十手をもつことは叶わぬ。まあ、いざというときに身分を明かすための飾りと思ってくれればよかろう」

隠密廻り同心は、定町廻りのように小袖の上に三ツ紋の黒羽織を纏い、腰に十手差しというわけにはいかない。影同心も然りである。

「丈一郎の見せかけは、そのまま隠居浪人というのではどうかな？」

町方同心のような颯爽としたものではないが、隠密というのはそういうものだ。ときには托鉢僧《たくはつそう》や物乞いなどに、変装することもある。

「かしこまりました」

丈一郎が、うなずいて返した。

「さて、これからのことだが……まずはその前に、八丁堀の役宅を返上し近在の町屋《まちや》に居を構えてもらいたい。表向きは、まったく奉行所とは関わりない者となるでな」

それだけ特別な任務だと解釈し、丈一郎と音乃はうなずきを返した。

丈一郎は頭の中で、次の住まいを思い巡らしているところで梶村の声がかかった。

「住まいは霊巌島《れいがんじま》の川口町《かわぐち》と決めてある。八丁堀に近いし、拙者とのつなぎによかろう」

与力梶村の屋敷も、八丁堀にある。緊急の連絡を取り合う利便を考えてだという。

「ありがたき仕合《しあ》わせでございます」

丈一郎は深く拝し、感謝を示す。音乃も倣《なら》い、両手をついて平伏した。だが、気持ちの中は丈一郎と異なる。

——過分なほどの、懇切丁寧な扱い。なぜだろう？

ふと音乃の脳裏に疑問がよぎり、身構える心もちとなった。

「俸禄は以前どおり、丈一郎には三十俵二人扶《ぶち》だ。それと、音乃が手柄を立てた場合は、特別にお奉行から直々の恩賞も出るであろう」

「恩賞などと……」

そんなつもりで働くのではないと、音乃は口にするも本音の中ではありがたいという気持ちももち合わせた。後家となった以上は、巽家の居候《いそうろう》と同じである。

恩賞も励みの一つとして受け入れることにした。

「それでは、恩賞はいらぬと申すのだな？」

にんまりとした表情を浮かべて、梶村が言った。

「いえ、それも励みにしとう存じます」

「女傑と謳《うた》われた音乃も、やはり人の子であるな。なに、遠慮することはまったくない。働きを成した以上は、報酬を受け取るのは当たり前だし、ただ働きは美徳でもなんでもないからの」

梶村の心遣いに、気持ちが軽くなる音乃であった。

音乃と丈一郎は、奉行所の一員となった。

「さて、これからのことだが……」

梶村の口から、今後のことが告げられる。音乃と丈一郎は居住まいを正して、一番組筆頭与力の話を聞く姿勢を取った。

「隠密同心とは、まったくかけ離れたところで、丈一郎と音乃には動いてもらいたい」

「お奉行もそうおっしゃっておられましたが、かけ離れたところとは……？」

それこそ、今朝《けさ》からずっと考えていたことである。

「小声となるので、耳を傾けてくれ」

肝心要《かなめ》の話へと移っていく。

「ずっと以前……ここ十数年にわたることなのだが……」

三人の頭が近づいたところで、梶村がゆっくりとした口調で語り出した。

「押し込みや火付けなど、凶悪事件の下手人を捕縛できずにお宮入《くら》りになる割合いが格段と多くなっている。お奉行は、これを由々《ゆゆ》しきこととお考えだ」

思っていたとおりだと、丈一郎と音乃は互いに横を向き顔を見合わせた。しかし、それを口にすることなく先を聞く。

「事件がお宮入りになったといって、このままおめおめと悪党たちをのさばらせておくのは忍びない。お宮入りになった凶悪事件を、一つでも多く探り出し、解決させようというのがお奉行のお考えである」

しかし、丈一郎は浮かない顔をしている。

「お宮入りになった事件ですか……？」

梶村の話が、一息ついたところで口に出した。

「難しくて大変なのは、重々承知だ」

丈一郎の気持ちを察したか、梶村が言葉を返した。

「相手には、徒党を組んだ大悪党もいる。深入りすれば危険に晒されることもあろう。お奉行がおっしゃっておる。ある程度のところまでつかめたら、あとは奉行所のほうに任せろと」

それでも丈一郎はあらぬところを見つめて、考えている風である。梶村はそれを、丈一郎の拒絶と取った。

「できないとあらば、仕方なかろう。断るのは今のうちで、お奉行もそれは許すとおっしゃっておる。それほど困難で危険がつきまとうことなのでな、恥ずべきことではない。断ったところで、なんの咎めを受けることもないのだぞ」

梶村の口調は穏やかである。皮肉でもなんでもない、本心から出た言葉だと音乃には伝わっている。

予測が当たったというものの、丈一郎は戸惑っているようだ。

――でも、おもしろそう。わたしとしては、やりたいけど……。

だからこそ、影同心なのだとの思いがある。

丈一郎がどう出るか。音乃の立場としては、丈一郎が断ればそれまでのことと、義父の出方に従うことにしている。

「そなたたちでは難しかろうか……」

しばらくの沈黙のあと、梶村があきらめ口調で言った。

「いや、身共《みども》が考えていたのは、そういうことではございません」

丈一郎の思案は、拒絶とかではなく、まったく別のところにあった。

「そういうことではないと申すのは？」

「お宮入りの事件と聞いて、一つだけ身共の頭の中で今でも引っかかっていることがございます」

「ほう、引っかかっておることとは？」

「私がまだ定町廻り同心であったとき……梶村様は覚えておられるかどうか？」

「話を聞かないうちは、返事ができんな」

「今から十二年ほど前の……」

「ずいぶんと、古いところをもち出してきたな」

二人の掛け合いを、音乃は黙って聞いていた。十二年前なら音乃はまだ十歳、ただただお転婆の、幼かったころの自分を思い出していた。

四

コホンと一つ咳払いをして、丈一郎が梶村に問う。

「日本橋本石町の米問屋に押し込みが入り、四人が斬殺された事件を、梶村さまは覚えておられますか？」

「その事件ならむろん覚えておる。だが、町方は手が出せなかったな」

「あの事件は火盗改が握りまして……」

「たしかにそうだった」

「朝方、身共たちが駆けつけたときは店の前で立ち尽くすだけで、現場に踏み込むこともできませなんだ。『――ここは町方の出る幕ではない』と言った、あの火盗たちの横柄《おうへい》さを思い出すと、今でも腸《はらわた》が煮えくり返ります」

悔しさが滲み出た、丈一郎の口調であった。

「探索では、威張り散らすだけ威張って、早々と下手人を挙げ、白状させたものの、まったく関わりのない者を獄中死させてしまった」

それというのも、火付盗賊改方の過酷な責苦《せめく》によるものと、丈一郎は取っている。

火盗改の捜査や取り締りは極めて荒っぽく、町人に限らず、武士や僧侶からも恐れられるほどであった。

「なぜ、関わりのない者を下手人にしたと言える？　証《あか》しでもあるのか」

「いえ、証しというのはございません。ですが、状況から見て無実だと思われる節《ふし》があるものと。捕らえられたのは大工職人。二人の子供がいて、幸せに暮らしている者がそんな大それたことをするでしょうか。それと、一挙に四人を殺すなどと、下手人は一人ではないはずです」

「火盗は単独の犯行だと言っていた。寝込んでいるところなら、できないことでもないとな。まあ、近ごろの火盗の捕縛のやり方には目に余るものがあるも、白状したからには仕方あるまい。火盗たちもそれなりには動いてはいるのだ」

「そこが、腑《ふ》に落ちません。独《ひと》りで四人を殺す。そんな度胸がある者など、この世にそうはおりますまい。ましてや、子持ちの大工職の町人がです。痛め吟味で白状させての、でっち上げとしか……」

「言いすぎだぞ、丈一郎」

丈一郎の興奮を、梶村が声高《こわだか》に咎《とが》めた。

「申しわけございません。ですが、梶村様に願いたき……」

「その一件を探り出したいと言うが、それにはずいぶんと時が経っておる。すでに事件は火盗の手により、解決したことになっているしのう」

梶村が首を振るも、丈一郎はめげない。

「無礼を承知でお言葉を返しますが、真の下手人は未だ捕らえられてはおりません。となれば、お宮入りと同じこと」

「どうして、断言できる？」

「今申し上げた道理で、十中八九、いや百中九十九間違いないと。その証しをつかもうと動きはじめようとしたところで、事件には関わるなと、上からのお達しがあったのです」

口角泡を飛ばしての、丈一郎の訴えであった。

「ですからこそ、お宮入りでなくても探ってみたいのです。米問屋を襲った奴らは、今でもどこかでのうのうと生きているはずです。そいつを捕まえ、殺された人たちの意趣を晴らしてあげたいのと、火盗に一泡吹かせたい。これといった事件がまだ決まってなければ、是非にも……」

丈一郎は、強く自らの意志を与力の梶村に伝えた。

「なるほどの。しかし、調べ書きも何もなくなっておるぞ。どうやって、最初から調べるつもりなのだ？」

梶村の、首を振りながらの口ぶりでは、丈一郎の願いは却下されそうだ。

「火盗の調べ書きなど、屁《へ》の役にも立たんでしょう。ならば、まっさらなところから探ったほうが、まだましというもの」

「うーむ……」

と唸り、目を瞑《つむ》って梶村が考えている。やがて目を開けると、その顔が音乃に向いた。

「十二年前というと、音乃はいくつだった？」

「はい、十歳でした」

「そんな幼いころのことをほじくり出すというのは、容易ではないぞ」

「わたくしも、それを考えておりました。たしか文化《ぶんか》十年の秋の終わりころにあった事件かと……」

「ほう、そんな幼いころのことを、年号も交《まじ》えよく覚えておるな」

梶村が驚く顔を向け、そして問う。

「なぜに、その事件のことを知っておった？」

「読売《よみうり》を読みましたので……」

「たった十歳で、読売が読めたと？」

「はい。もっとも、分からない文字は母上に訊きましたけれど、大体は自分で読むことができました。たしか、そのお米屋さんの屋号は『十川屋《とがわや》』とおっしゃったようで……」

これには丈一郎も驚き、音乃の横顔を見やった。自分の記憶でも、屋号までは定かでなかったからだ。

「夜盗が押し入り、大旦那夫婦と若旦那夫婦の四人を殺して逃げたとか……わたくしが覚えているのは、そのくらいでして」

「それだけ言えれば充分であろう。これならば、音乃と共に真の下手人を引きずり出すことができるものと……」

「どうだ、音乃にもできそうか？」

「はい。義父上《ちちうえ》が、やると申されれば従うだけでございます。ですので与力さま、ぜひとも義父上の意をお汲み取りいただけますよう、わたくしからもお願いする次第でございます」

「分かった。ただし、お奉行がなんと申すか。別に探ってほしい事件がお奉行にあったら、拒むことになる。それだけは、含んでおいてくれ」

駄目だとあらば仕方がない。潔《いさぎよ》くあきらめ、奉行が指図する事件に手をつける。

丈一郎と音乃は、そろってうなずいて見せた。

「後日、報せをもたらすので、待っていよ」

「かしこまりました」

と丈一郎が返し、音乃は小さく頭を下げた。

よほど火付盗賊改方に、丈一郎は憤りを抱いているようだ。

齢《よわい》を重ね、渋みが増した顔が赤く上気している。今にも火盗相手に喧嘩を売るような、意気込む顔が真之介と被る。

——必ず悪党どもを、あなたのもとに送ってあげる。

声を出さずに音乃は誓うと、真之介のうなずく姿が瞼の裏に浮かんだ。

「ところで話は変わるが……」

梶村の声が聞こえ、音乃の脳裏から真之介の姿が消えた。

「これを受け取ってくれ」

懐《ふところ》に手を入れ、梶村は紫の袱紗《ふくさ》を取り出した。包みをそのまま、丈一郎の膝元に差し出す。

「開けてみろ」

先ほどは十手で、次なるものは――。

丈一郎が包みを開けると、二十両の小判であった。

「これは……？」

「事件を探る上での、当座の資金である。探索にも物入りであろうとな、お奉行からの授かりで、遠慮なく受け取れとの仰せである」

「ありがたく、頂戴いたします」

丈一郎は、拒むことなく手元に引き寄せた。

二十両は助かるものの、受け取った以上は全身全霊を注がなくてはならない。そんな気持ちの圧迫を、丈一郎は肌で感じていた。

音乃も、丈一郎と同じ心境にあった。

――それを受け取ったら、どんな難儀な指図が下ろうとも、もうあとには引けない。そうか、さっきの役宅の話といい……。

過分なほどの扱いは、それこそ北町奉行榊原の意とするところなのだ。

音乃は、孫子《そんし》の兵法の一説を思い出していた。

容姿、文武に秀でた音乃は、孫子の兵法にも精通している。

八歳のときに父の義兵衛から『孫子の兵法翻訳書・上中下』というのを授かった。いく度も繰り返して読み、古代中国の教本に精通する松岡玄斎《まつおかげんさい》の教えも乞い、十二歳のときにはおおよそ全編を理解できるようになっていた。

『其兵不修而戒　不求而得……その兵修《おさ》めずして戒《いまし》め、求めずして得る……』

兵たちを、逃げ場のない戦場に投入すれば覚悟を決めて命がけで戦う。統制することなくして、兵士各自が勇者の如き働きをする。

丈一郎が遠慮をせずに金を受け取ったのは、覚悟のほどを無言で示したのだと音乃は解した。

奉行榊原の智略に乗せられたようでもあるが、むしろ音乃はそれを快く感じていた。

霊巌島の川口町への引越しは、それから数日内に、慌ただしくなされた。

梶村が手配してくれた役宅は、八丁堀の住まいとほぼ同じ広さの一軒家であった。三人で住むには充分である。

川口町は、八丁堀と霊巌島を渡す亀島橋《かめしまばし》の近くにある。三方を新堀川《しんぼりがわ》、東側を大川《おおかわ》に囲まれた霊巌島は、水運が発達し舟の便がよいところである。

丈一郎にとっては、それがありがたかった。気持ちは若ぶっているが、長年いたぶってきた体に歪みが出るのは仕方がない。ときたま痛む膝や腰を労《いたわ》るために、舟での移動は重宝《ちょうほう》である。

　丈一郎が町方同心であったとき、手下の岡っ引きであった源三《げんぞう》に手伝ってもらい引越しは無事に済ますことができた。

「旦那もとうとう、浪人の身となりやすんですね」

　引越しの片づけも終わり、手伝ってもらった礼として、源三に酒を振舞う席での話であった。奉行所との縁が、これで途切れたとの淋しさが源三の口調に表れている。

「実はな、源三。おまえに見せたいものがある」

「はて、なんでございやしょう？」

「ちょっと待ってな」

　と言って丈一郎が立ち上がり部屋から出ていくと、すぐに紫の袱紗に包まれたものを手にして戻ってきた。

「これを見てくれ」

　袱紗を開けると、朱房のついた十手であった。

「こいつは……返上したのではなかったので？」

「源三だけに話すが……」

梶村の許しはつけてある。困難な捜査に、音乃と二人だけでは無理も生じるだろう。丈一郎は、隠密捜査に源三を引き込もうと考えていた。

「お宮入りになった事件を、音乃とわしで解き明かすようお奉行からの仰せがあった。再び十手を授かったものの、わしは隠居浪人となり、音乃は町娘とか武家の娘として動くことになる。極秘中の極秘ってことだが、いざとなったとき源三にも助《すけ》てもらいたいと思っての」

「ということは、浪人姿は世を忍ぶ仮の姿ってことですかい？」

「まあ、そういうことだ。霊巌島《ここ》に居を移したのも、八丁堀組屋敷の役宅にいては、近所の手前、あれこれと支障をきたそうとの配慮からだ」

「道理でこのごろの旦那は、見違えるように潑剌《はつらつ》としてると思ってやしたぜ。そんなことでしたら、およばずながらあっしもできるだけの力になりやすぜ。いつでも用とあらば、おっしゃってください」

「ならば、源三の得意とするところで頼みたいことがある」

「頼みたいってのは？」

「いや、まだ何をするとも分からんでな。あとで、話す」

「へい、待ってやすぜ」

源三も四十五になり、人生の下り坂に入っている。丈一郎が引退してからは、源三も預かる十手を返上し、八丁堀の役宅に毎日のように来ては風呂の水汲みなどを手伝っていた。

「——あんときは、よかったですねえ」

丈一郎と酒を酌み交わすときは、決まって昔語りを肴《さかな》にする。そんな話を端《はた》で聞いていた音乃は、源三も生きる上での張り合いを失っていたのだと感じ取っていた。

一月ほど前、芝口《しばくち》にある油問屋『河奈屋《かわなや》』の悪事を暴《あば》いたことがある。音乃が単身乗り込んだものの、素性がばれて殺されかけたところを源三が救ってくれた。その際、天井裏に忍び込んだ身のこなしは、伊達《だて》ではなかった。

「源三さんのお力を借りられれば、これほど心強いことはないです」

音乃からも言われ、源三の岩のような厳《いか》つい顔が真っ赤になって、赤鬼のような形相となった。それが音乃への慕情なのか、はたまた現役復帰ができる興奮からなのかは、定かでない。

源三の女房が営む髪結《かみゆ》い床《どこ》は、同じ霊巌島の長崎《ながさき》町にあり二町と離れていない。ご近所のよしみだと理由をくっつけ、その夜は遅くまでの酒盛りとなった。

五

梶村からの託けは、下男を介して引越しの翌日の昼ごろにもたらされた。

「本日の夕、役宅に来られたしとの主《あるじ》からの伝言でございます。七ツ半までには、戻っているとのことです」

与力梶村の役宅は、亀島橋を渡り西に二町ほど行ったところにある。八丁堀は、松《まつ》平越中守《だいらえっちゅうのかみ》の下屋敷の東側に当たる。

西に日が傾くころ、丈一郎と音乃は梶村の屋敷の門を潜った。

丈一郎は、鼠《ねずみ》色の小袖に袴穿きで三ツ紋のついた羽織を纏っている。音乃は、鹿《か》の子《こ》染めの小袖を着こなし、一見は武家娘の様子である。

二人を玄関で迎え入れたのは、房代《ふさよ》という梶村の内儀であった。

「主人からお越しになることは聞いております。ですが、少しばかり遅れると奉行所から使いがまいりました。お待ちいただけますよう……」

上り框《がまち》で三つ指をついての丁重な挨拶であった。

「かしこまりました。待たせていただきまする」

「それでは、お上がりなされまして……」

これからは、たびたび訪れる屋敷であろう。丈一郎は首を上下左右に動かし、家の中を探るような目つきで見やった。

「それにしても、噂に違《たが》わぬおきれいなお嬢さま。音乃さんの噂は、わたくしの耳にも入っておりますわ。これからも、よろしゅう」

笑みを浮かべる房代の、鉄漿《おはぐろ》で黒くした歯が口の中からのぞく。言葉からして来客に慣れているのであろう、筆頭与力の内儀という高慢さはまったく見受けられない。

客間で待たされたのは、四半刻ほどであった。

「待たせたな」

襖が開き入ってきたのは、与力の梶村であった。

茶の肩衣《かたぎぬ》に、薄茶色の平袴《ひらばかま》である。肩衣の中に着る小袖は、腰に小紋の柄《がら》が入った熨斗目《のしめ》である。着替えをせず、奉行所へ出仕するときの正装のままであった。

畳に両手をつき、丈一郎と音乃は並んで拝した。

向かい合って、梶村が座る。

「堅苦しい挨拶は、これまでとしようではないか。丈一郎は浪人で、奉行所とは関わりがない。ということは、上司でも部下でもないということだ。表には、そう見せかけけんといかんでな。だから、袴立ちはせずにむしろ気軽な格好で来てくれ。そう、碁《ご》仇《がたき》といった感じであろうかの」

「かしこまりました」

梶村の意を汲み、丈一郎は体を前に傾け理解を示した。

「音乃は、拙者の女房である房代の友人としての立場でいてくれ。こちらへの出入りも自由にしてあるので、いつでも訪れてよい」

そして梶村の体は前のめりになり、声音をぐっと落とす。

「ここだけの話、拙者の伝言はなるべく房代を介してすることになる。そのため、房代がそちらに赴くことがあろうから、よしなに頼む」

房代の齢は、ちょうど律と同じくらいである。音乃というよりも、律と相性が合いそうだ。

「お内儀さまは、わが女房の律と同じ年ごろと見受けられますが……」

「女同士の行ったり来たりなら、世間も不思議に思わぬだろう」

これも、世を欺《あざむ》くための手はずであった。

話が本題に入る。

「そこで、お奉行のお指図なのだが……」

梶村の切り出しに、どんな指図が下されるのかと身構えるように、音乃と丈一郎は居住まいを正した。

「どうやらお奉行も、十二年前に起きた十川屋の事件が頭の中にあったようだ。もう一度探り直せとの仰せだ」

丈一郎の訴えが奉行に通じたものの、ただ一つ腑に落ちないことがある。

「ですが榊原様は、昨年北町奉行になられたばかりで、その事件のことはご存じないのでは？」

丈一郎の問いであった。

「拙者もそのことを問うたのだが、お奉行は存じておられた」

「もしや、その当時のお奉行と十川屋とが、私的にも深い関わりがあったのではございませんか？」

「いや、それだったら今さらという感じもする。それと、口調の端々《はしばし》に強い怒りがあるはずだ。お言葉は、淡々としておった」

「よろしいでしょうか、梶村様……」

「断ることはない。音乃の意見は拙者も望むところだ」

「一つお聞きしたいのですが、今のお奉行様はその当時は、どんなお役目につかれていたのでございましょう？」

「文化五年の九月に、目付《めつけ》役に就任したと聞いておる」

「お目付役様とは、旗本や御家人を統轄するお役目かと……」

「いかにも。若年寄《わかどしより》ご支配のもとにある。それがいかがした？」

梶村の問いに、音乃が考えている。そして、口にする。

「今、お目付役に就任なされたのは文化五年九月とおっしゃられましたが、十川屋の押し込み事件もたしかその月の十五日ではなかったでしょうか？」

「読売を読んだだけで、音乃は日にちまでも覚えておるのか？」

丈一郎が、驚く声音であった。

「はい。読売に載っておりました事件の日付けが、姉上の婚礼と同じ日でございましたから」

奥田家の六歳上の長女の婚儀の日に、十川屋の事件が起きた。音乃にしても、忘れられない日でもあったのだ。

「たしかに、十川屋の事件は九月十五日だから、お奉行が目付役に就任されたばかりであるな。しかし、目付役と押し込み強盗とはまったく結びつかんぞ。音乃は、何か感じるところがあるのか？」

体を前にせり出しての、梶村の問いであった。

「いえ、まったくございませんが、時期が奇《く》しくも一致いたします。そのあたりと関わりがありそうな……」

単なるこの場の思いつきだと、音乃は言葉尻を濁した。

「とにかくお奉行の中では含みがあった」

「含みとは……？」

「それは、これから話す。もう少し近くに寄ってくれ」

丈一郎と音乃は、二膝繰り出し体を前に折った。


梶村が、懐から一枚の書き付けを取り出した。

「北町奉行所にはその件に関する捜査の記録はほとんどない。分かっているのは、これだけだ」

それは、四つ折りにされた、一枚の草紙紙であった。そこには、日本橋本石町一丁目米問屋十川屋とまずは記され、事件のあった日と殺された家人四人の名が連ねてあった。

「文化五年九月十五日夜　大旦那聡三衛門《そうざえもん》とその妻お里《さと》、若旦那紀一郎《きいちろう》とその妻お牧《まき》……」

丈一郎が小さな声で、その書き付けを読んだ。

「おう、ここに文化五年九月十五日と書かれてある。音乃が言ったことは、本当であったな」

さらに、先を読む。

「奪われた物、不明。五日後、大工松吉《まつきち》を捕縛。その五日後に、罪を白状したのち獄中で死亡……か」

書かれているのは、そこまでであった。

「松吉の死は、痛め吟味の拷問に耐えきれなかったのだけは想像がつく。あとは、有《う》耶無耶《やむや》になったというより、されたってことかもしれん」

梶村の、何かを含むような言い方となった。

「ですが、この大工松吉というのはまったくの無実でしょうぞ、梶村様」

「それは、前にも聞いた。そこでだ、丈一郎……」

丈一郎の言葉に、梶村は一つうなずき、そして語り出す。

「お奉行が気持ちを動かされたのは、どうやらその件《くだり》のようであった。丈一郎の、熱意こもる訴えを告げたところ、もう一度洗い直せとおっしゃられたのだ。ただし、すでに火盗改の範疇《はんちゅう》で処理をされた事件である。くれぐれも、隠密裏でということだ」

再捜査が、町奉行所の手でなされていると火付盗賊改方が知ったら、一悶着《ひともんちゃく》どころではない。公儀を揺るがすほどの、大問題に発展するのは必至だ。だからといって、実質は未解決の事件と取れるものを、そのまま埋もれさせておくわけにもいかない。

「お奉行は、夜盗の犠牲になった者たちもそうだが、無実の罪で命をなくした大工松吉に心を痛めたのであろう。そこがお奉行の、含みというものなのであろうよ」

梶村がしんみりとした口調で言った。

「左様でございましょうか？」

――どうも違うような気がする。

むろん、奉行榊原の意図がどこにあるかは分かるものではない。

――何か、途轍《とてつ》もない大きなことが絡《から》んでいそう。

音乃の首が傾いたのを、梶村は見逃し、横に座る丈一郎は気づくはずもない。

「とにかく、手がかりというのは何もない。それだけに難しかろうが、よろしく頼む。急ぐものでもないので、時はいかほどかかってもよいぞ」

「かしこまりました」

もうあとには引けないと、そろった返事に決意がこもる。丈一郎と音乃は、畳に両手をついて指図を受け入れた。

房代に玄関まで見送られ、丈一郎と音乃が帰路につく。

六

すでに日が落ち、明るさは西から照らす残光だけとなっていた。

道々の、歩きながらの話である。

「お義父さまの願いが叶ってよかったですね」

「ああ。それにしても、気骨《きぼね》が折れるやっかいそうな事件だ」

「まあ、お義父さまが愚痴だなんて珍しい」

「いや、そうではないぞ音乃。これは、思った以上にでかい話になりそうだってことだ」

「どうして、そう思われまして？」

「どんなに慈悲深いお奉行だろうが、冤罪《えんざい》で捕らわれ獄中で死んだ者のためだけで、事件を探り直せとは言わんだろう。しかも、無実という確たる証しもない。それにしたって事件が古すぎる。梶村様が言った、お奉行の含む思いとは別のことなのだろう」

「お義父さまも、そう思われましたか？」

前を見つめて歩いていた音乃が、急に立ち止まって言った。

新堀川に架かる亀島橋の、中ほどまで来たところであった。丈一郎も、音乃に合わせて立ち止まる。

「やはり、音乃も同じことを考えておったか。それで、今は北町奉行である榊原様の、当時の役職を聞いたのだな？」

「左様でございます。梶村様が、部屋に入ってきたそうそうおっしゃってました。『どうやらお奉行も、十二年前に起きた十川屋の事件が頭の中にあったようだ』と。お義父さまが切り出さなくても、お奉行様からのお指図はこの事件だったのでございましょう」

丈一郎は答える代わりに、ふふふと笑い声で返した。

「さすが、音乃だなあ。真之介が、見込んだだけのことは……いや、すまん。思い出させるようなこと言ってしまった」

「よろしいのです、お義父さま。おそらくこの事件は、真之介さまがわたくしたちにもたらせてくれたものと……」

「真之介がか？」

「はい。早いところ真の下手人をおれのところに連れてこいって、言っているようです」

「音乃はそれほど真之介のことを……」

「ですから鬼同心巽丈一郎の倅は、この音乃の中に宿っているものと思っていてください」

「ああ、思うとも。いつまでもな」

丈一郎が、天を見上げながら言った。

正面から二人を照らす真ん丸の月が、東の天《そら》に昇っている。

「今宵は満月か。そういえば、十二年前の事件はこんな月の下で起きたのだろうな」

「いえ、お義父さま。その日は曇天で、お昼ごろから雨が降っておりました。ですから、満月は拝めなかったものと」

「音乃はそこまで覚えておるのか？」

「はい。お披露目に出席したお客さまの、袴の裾が皆さん濡れてましたから」

「それにしても、凄い記憶力であるのう」

そして、一拍の間もおかず、

「ん……雨だと？」

首を傾げて、丈一郎が呟くように言った。

「どうかなされまして？」

「そういうことだったか。なぜに、十二年前そこに気づかなかった」

「気づかなかったとおっしゃいますのは？」

「音乃、松吉というのは大工であろう。だったら、その日松吉は休んで家にいたはずだ。いや、そうとは限らんだろうがその見込みは高い」

「それが、実証できればよろしいので？」

「ああ、そうだ。だが、今となってはのう、どうやって調べることができるか至難の業《わざ》だ」

「その、松吉さんという大工の家はどちらに……？」

「鍛冶橋《かじばし》御門に近い、南大工町と聞いた。だが、もうそこに家族はおらん」

「知っていて、そこすらも調べに行けなかったのですか？」

「とにかく、事件には手を出すなと上からの達しだったのでな。それと、ほかの仕事で忙殺されて、知らぬ間に時が経ってしまった」

「おかみさんと二人のお子たちは、どうなったのでしょう？」

「事件から一年ほどして、たまたまその近くに行く用事で訪れたことがある。心労からか、松吉の女房は一月《ひとつき》ほどして死んで、子供たちは親類だか誰だかに引き取られていったそうだ」

「お子たちの名は？」

「そのとき聞いたのだが、なんと言ったかのう。どうも、忘れっぽくていかん」

「たった五日前のことですら、覚えている人はそうそうはおりませんでしょ。忘れるのは、当たり前です」

「音乃の言葉は、本当に励みになるぞ。さて急ごうか、律が馳走をこしらえて待っておる」

義理の父娘が再び歩き出す。その後は言葉を交わすことなく、いく分速足となった。

翌日、午前中に用事を済ませ、午後から丈一郎と音乃は動き出した。

とりあえず現場を知ろうと、二人は日本橋本石町の十川屋があったあたりをあたることにした。

遠いので舟で行こうと音乃が勧めたが、丈一郎がそれを拒んだ。

「まずは、ここからの道順を知らんといかんだろ。それと、わしを年寄り扱いするのではない。これも、鍛錬のうちよ。足腰が一番大事だ。まあ、いざとなったら船着場が近いのはありがたいがな」

ちらりと、本音も漏らした。

丈一郎は着流しの上に紋なしの羽織を纏い、腰には大小の二本を差す。見た目はまったくの、隠居侍の姿であった。音乃は、花柄小紋の振袖である。薄桃色の半襟をのぞかせ武家娘の格好に見せている。音乃が鉄漿《おはぐろ》をしないのは見た目が嫌なのと、未婚の女に見せる事情があるからだ。場合によっては、振袖も着なくてはならない。化粧によっては、十五は無理としても十七くらいにはなんとか見せることができた。

霊巌島から八丁堀を通り、日本橋通南《とおりみなみ》町に出る。表通りをつっきり、真っ直ぐ西に向かうと、外濠につき当たる。

その手前、檜物町に差し掛かるところであった。

「なんの騒ぎかしら？」

一町先の人だかりに、二人は速足で近づいていった。

火盗改方同心の、下手人捕縛を目《ま》の当たりにしてから再び歩き出す。

道々歩きながら、丈一郎が音乃に話しかけた。

「あれが、火盗改のやり方だ」

吐き捨てるような、丈一郎の口調であった。

「ずいぶんと、手酷いものですね」

「長官の役宅に連れていかれ、吟味にかけられる。算盤《そろばん》責めだ海老《えび》責めだと痛められれば、大抵の者はたとえやっていなくても白状してしまう。そこが、恐れられる所以《ゆえん》なのだ」

「火盗改の長官というのはたしか……」

幕府の常備軍である先手組《さきてぐみ》の旗本が兼務し、火盗改は加役であるということ。音乃が知っているのはこれだけである。

ちなみに火付盗賊改方は武官で、町奉行所は文官として区別されている。

長官の組下には与力五騎、同心がおよそ三十人配属されている。さらに手下に、差口を従えていた。戦時であるなら、同心は足軽といった身分である。

与力、同心の身形《みなり》は、ほとんど町方と変わりがない。袴立ちか着流しで、三つ紋の黒羽織は同じだが、見分けをつけるとしたら、額を広くした月代《さかやき》と短めの髷《まげ》の、小《こ》銀杏《いちょう》と呼ばれる八丁堀風の髪型との違いであろう。

そして音乃はもう一つ、丈一郎の話から火盗改について知ることができた。

「火盗改の同心は、事件があってから捜査に動く。犯罪の抑止に、市中を巡回することはない。ときには、武家地や寺社にも踏み込むこともする」

「お侍さんや、お坊さんも捕まえてよろしいので？」

「ああ、それが武官の職権だ。向こうは十手をもつも、あまり抜くことはない。必要とあらばその場で斬り捨ててもよいという特権がある。今のように、町人一人を捕らえるならば、同心と差口だけで充分だろう」

相手が徒党を組む盗賊相手なら『御馬先召捕《おうまさきめしとり》』と称して与力、さらに長官自らの出動となる。

火盗改と町奉行所と違うところは、出動の手続きを踏むか踏まないかにあった。そのために、同じ事件の捜査にあたっても、町奉行のほうはどうしても後塵《こうじん》を拝してしまう。

「とにかく、職権を笠に着て自由奔放に振舞うのが火盗改だ。みんながみんなとは言わぬが、同心の中には相当阿漕《あこぎ》なことをしている者もいるというぞ」

吐き捨てるように言う丈一郎に、音乃はやるかたない憤りを見ていた。

この出来事により、音乃の脳裏に火盗改のことが深く刻まれた。

やがて外濠につき当たり、右に道を取った。

架かる呉服橋《ごふくばし》御門から濠を渡れば、すぐに北町奉行所がある。二人は、そこを渡らず外濠沿いを北に取った。一石橋《いっこくばし》で日本橋川を渡って二町ほど行くと常盤橋《ときわばし》御門がある。十川屋のあったところは、そこからさらに二町ほど北に行った外濠沿いに面していた。

二人は道順をたしかめながらゆっくりと歩き、さらに四半刻近くをかけて十二年前に事件のあった現場へと着いた。

丈一郎は、十川屋のあった場所を覚えていた。だが、むろん今はその屋号の店はなく、建物自体も形が変わっている。

商いも米問屋ではなく、古着商である『赤札屋《あかふだや》』という屋号の看板が軒下に掛かっていた。

「ここだ、音乃……」

丈一郎が、古着屋の前で立ち止まって言った。

「あれから建て替えられたんだなあ、すっかりと様子が変わっちまってる」

「わしが源三と一緒にここに駆けつけたら、火盗の捕り手たちがずらりと立ち並んでいた。中の様子を見させてくれと言ったら、火盗の同心が威張りくさって『――町方はあっちに行ってろ』なんて、まるで犬の子でも追い払うように手の甲であしらいやがった。あのときのことは、いまだに覚えている」

そういうことは、いくつになっても忘れられないものだ。

「ああ、ずいぶんと悔しい思いをさせられたものだ」

丈一郎の悔恨こもる口調に、音乃が同調する。

「お義父さま。真の下手人を捕まえ、火盗改に目にもの見せてやりましょうよ」

「ああ、そうだな。こいつは、男の意気地ってものでもある」

「わたくしは、女の意地」

丈一郎と音乃の、赤札屋を眺めながらの会話であった。

七

齢《とし》の離れた二人の男女が赤札屋の前に立って、じろじろと眺めている。

「……何やってんだい、あの人たち？」

古着屋の小僧が、その様子を怪訝《けげん》そうな顔をして店の中から見やっている。

「ちょっと訊いてきますから、ここはわたくしに任せてください」

どれほど十川屋のことを知っているか。まずは、古着屋の主からあたることにした。この場合の聞き込みは、武家娘の格好をした音乃が適役である。

「頼むぞ音乃。わしは、あそこの茶屋で待っている」

二十間ほど先にある茶屋を指差し、もう一方の手で疲れた腰を揉みながら丈一郎が言った。

「分かりました。甘いものでも食べて、休んでいてください」

音乃が一人、赤札屋へと入っていく。

「いらっしゃいませ……」
十四、五歳に見える小僧が、揉み手をしながら近づいてきた。ものを買わせようとの魂胆《こんたん》が顔に表れている。
「ご主人さま、おられます？」

ここからは、武家娘の言葉となった。ものを買うようでない音乃の様子に、小僧の不服そうな顔が向いた。

「はい。おりますが、どのようなご用件で？」

ご用件と訊かれても、音乃は答に窮する。予《あらかじ》め言葉を用意しないまま訪れたことを後悔した。咄嗟《とっさ》にも、訪れた理由《わけ》を言わなくてはならない。

「この間お世話になりまして、そのお礼をしたいと。わたくし、音乃と申します」

「おとのさん……ですか？」

殿さまにも聞こえ、珍しい名だと小僧の首がいく分傾《かし》いだ。

「呼んでまいりますので、少々お待ちください」

商人の小僧らしく、子供ながらも言葉や物腰がしっかりしている。他に奉公人はいないようだ。

「もしも、わたくしが泥棒だったらどうされます？」

音乃がいたずら半分に訊いた。

「いい人か悪い人か、そのくらいは手前も判断ができます」

「いい人そうに見えて、よかった。とにかくわたくしは泥棒でないから安心してください」

「すぐに、戻ります」

と言って、小僧は母家の奥へと入っていった。

すぐに戻ると言ったものの、何を手間取るかなかなか小僧は店に戻ってこない。主も出てくる気配はなかった。

待たされることしばらく。

その間に客が来たらどうしようと、音乃がそわそわしはじめたところであった。奥から、齢は五十歳過ぎに見える、痩《や》せて疲れていそうな主が小僧と出てきた。

「お嬢さんでございましたかな。手前に礼を言いに来られたとおっしゃいますのは？」

商人らしく、言葉遣いは誰にでも丁重である。

「はて、世話になったと末吉《すえきち》から聞きましたが、お嬢さんとはどこぞでお会いしましたかな？」

「いえ、ちょっとお訊きしたいことがございまして。申しわけございませんが、方便《ほうべん》を使わせていただきました」

「というと、どんなご用で……？」

「実は、わたくし元北町奉行所定町廻り同心巽丈一郎の娘で、音乃と申します」

十手の代りに、素性を明かした。後家であることは隠すが、義理の娘であるので嘘ではない。

「町方のお嬢さんでございましたか。それで……」

「十二年前、ここである事件が起きたことをご存じですか？」

知らないと言えば、それまでである。

「ああ、そのことか。米問屋の主と倅《せがれ》夫婦が殺されたという、悲惨な事件があったとは聞いてますな」

主人は知っているようだ。ふーっと一つ深いため息をつき、音乃を見やった。

万が一、ここの主人もその事件に関わっているかもしれないと、警戒だけは怠らず音乃はさらに問う。

「ご主人さまが、こちらにお店を出されたのはいつごろでしょうか？」

「三年ほど前だが……」

主が、不快そうな表情で答える。

「なぜに、こんな曰《いわ》くのある場所などに？」

音乃は、主の顔色をうかがいながら訊いた。

「安かったのでな。ところで、初めてお会いしたというのに、なぜにそんな立ち入ったことを訊かれるので？」

ここではまだ、探りの目的を明かすのは早い。主の問い返しに、音乃は迷った。

「ああ、そうか。音乃さんと申されたか、もしや手前がそのときの事件と関わりがあるとでも思っておいでですな」

「いえ、そんなつもりは毛頭ございません」

音乃は、笑顔を作りながら言った。

「手前は事件とはまったく関わりありません」

「それは、最初から存じております」

「手前は光三郎《みつさぶろう》といいますが、その当時は呉服町の立花屋《たちばなや》で番頭をしてました」

立花屋は音乃でも知っているほどの、古着の大店《おおだな》である。

「左様ですか、立花屋の番頭さんで……」

「そこから独り立ちし、この場所に店を出したのです」

音乃が見る限り繁盛はしてないようである。奉公人も小僧一人のようだし、主は病弱のようだ。そこに音乃の引っ掛かりがあった。

「そうだ、まだ音乃さんとやらのご用件を聞いてなかったですな。どうぞそこに腰をかけてください」

立ち話も疲れると、店の框《かまち》に腰をおろしての話となった。

むしろ、主のほうも音乃の本音を知りたがっているようである。音乃は警戒を解いて、率直に切り出すことにした。

「はい。わたくしがこちらさまを訪れましたのは、実は十二年前の事件のことを詳しく知りたいと思いまして……」

「なんですと、こんな若いお嬢さんがか？」

顔に皺を増やし、主が驚く。

「独りでそんなことを？」

「いえ、元は定町廻り同心であった父親と共にです。十二年前の事件の、真の下手人を知りたくて……」

「あれは、すぐに下手人が捕まったと聞くが」

「無理矢理火盗改に連れていかれ、白状させられたのです。無実の罪で死んだ松吉という人は、わたしの遠縁にあたる方なのです。それがこのごろになって、無実ではないかと思えるところがありまして……」

北町奉行の命《めい》でもって動いているとは言えない。音乃は、ここでも方便を使った。

「お身内の無実を晴らしたいために、というのですな」

「はい。誰にも内密で……」

「なるほどですなあ。だが、手前もそんなに事件のことはよくは知りませんぞ。そうだ、今しがた、火盗改と言ってませんでしたかな？」

火盗改という言葉を出し、光三郎は考える素振りとなった。

「はい。どうも、火盗改の調べに無理があったような……よろしければ、知っている限りで、お聞かせいただければと」

音乃はいく分、光三郎に体を近づけさせて言った。

「ここでは、なんだ。上がって話しましょう」

帳場に上がり、音乃と光三郎は向かい合った。

光三郎が事件について語るのを、音乃は顔を見据えながら聞いた。しかし、音乃が知っていることと、たいして変わりがない。事件については何も得るものはなかった。

「事件のことで、手前が知っているのはそのくらいなものです。それよりも、お嬢さんは火盗に対して……」

「ご主人さまも、火盗改に思いがおありなのですね？」

すかさず音乃は問い返した。

じっと見つめる音乃の眼に触れ、光三郎はいく分精気が戻ったか、青白かった顔に赤みが帯びた。

「音乃さんなら、話してもいいような気がしてきた」

言いながらも、光三郎の顔が苦渋《くじゅう》で歪む。

「是非にもお聞きしたいです。お願いします」

手がかりになると、音乃は踏んだ。

「もう一度差し出がましいことをお訊ねしますが、ご主人は、なんでこのような曰くつきのお店を買われたのでございましょう？」

その答をぜひとも聞きたいと、一膝乗り出し光三郎の話に耳を傾ける。

「格安の物件であったというのは、さっき言いましたな。手前は迷信を信じない性格《たち》でしてな。事件があったのは耳にしていたが、二束三文《にそくさんもん》で売られていて、すぐにここだと決めた。独り立ちを果たしたばかりでな、金もさほどなかったこともある。これから語る話は、ここに店を出してからしばらくあとに知ったことだ」

憂いを帯びた、光三郎の口調であった。

音乃は、光三郎の語りを全身で受け止めるようにして聞く。

身構えるようなその姿勢が、光三郎をますます饒舌《じょうぜつ》にさせた。

「押し込みに遭った米問屋はすぐに潰れ、土地と屋敷が売りに出された。破格の安さに薬問屋がここを手に入れ、店を出した。しかし、一年ももたずに商いが破綻《はたん》したという。どうやら、薬の調合を間違え毒を入れて売ったらしい。薬屋としての信用を失うどころか、主は火盗改に捕まり獄門になったということだ」

話の中に火盗改が出て、音乃は小さくうなずきを見せた。

「次にここを買い取ったのが、瀬戸物屋であった。お城御用達《ごようたし》の大手業者で、先祖が美濃《みの》は多治見《たじみ》の出の老舗《しにせ》であった」

ここでいうお城とは、将軍徳川家斉《いえなり》が住まう千代田城のことである。

「お城が近いので、ここを本店の代わりとして買ったのだろう。格安の物件だと飛びついたものの、やはり曰く有りってところが気になったか、験《げん》が悪いと母家《おもや》から蔵まですべてを建て替え一新した。しかし、その甲斐もなく瀬戸物屋も二年とはもたなかった。今あるこの建物は、そのときからのものだ」

「なぜに、瀬戸物屋さんは潰れましたのでしょ？」

「これも聞いた話だが、大奥に納める茶碗に盗品の疑いがもたれた。火盗改が捜索に入ったことが御中臈《ごちゅうろう》の逆鱗《げきりん》に触れ、あっという間にその瀬戸物屋は財のすべてを失ったそうだ。それが元で、主は自尽《じじん》したとのことだ」

ここでも、火盗改が関わる。

「そのあとに入ったのが畳問屋で、そこの畳を使うと火事が起こるという噂が広がった。仕事を増やすため、主が火を付けて回ったという根も葉もない噂だ。だが、それが火盗改の耳に触れ、主は捕らえられたまま帰ってこなかったそうだ。畳屋も一年半ほどで潰れた。そして四軒目は小間物屋で、そこで買った出刃包丁が凶器となって、押し込み強盗事件が起きた。小間物屋の主は共謀とみなされ、ここも火盗改の手によって捕らえられた。あとで無実と分かったもののなんの詫びもなく、主は世間からの誤解をまともに受けて店が成り立たなくなり、一年もしないうちにあっけなく潰れた」

長い話に一区切りをうち、光三郎はふーっと一つ大きな息を吐いた。音乃は、眉を顰《ひそ》めて光三郎の話に聞き入っていた。

「みな、火盗改によって潰されたようなものだ。うちなどは、まだもっているほうだ」

十二年のうちに五軒の店が入れ替わり、そのうち四軒が潰れ、一軒は潰れかかっている。

ことごとく火盗改が絡んでいる。

「それらの曰く話は、どこから聞かされましたので？」

「以前、ここに聞き込みに来たやはり火盗改だ。たしか、中岡《なかおか》とかいった」

「……火盗改の中岡」

小さな声で、音乃が呟いた。

第二章　お宮《くら》入りの事件

一

光三郎の話がつづく。

「手前も、何が起きるか不安で不安で。ここに店を出して三年ほどになるが、一年ほど前に、そんな話を聞いて商いの調子がおかしくなった」

このとき光三郎の顔が音乃から逸《そ》れ、遠くを見つめるような目つきとなった。

「六人いた奉公人は一人去り二人去り、とうとう残ったのは小僧の末吉一人となった。女房とは半年前に離縁し、十歳になる娘を連れて実家に戻ってしまった。今は、末吉一人だけが頼りだ」

誰かに聞いてもらいたかったようだ。堰《せき》を切ったような光三郎の話しぶりに、音乃は黙って聞いた。

「手前もそのころから病《やまい》を患《わずら》いましてな、床《とこ》に伏せることが多くなった。まだ、四十前だというのに、だらしないものだ」

丈一郎と同じほどの齢に見えたが、齢を聞いて音乃は唖然とする思いであった。病が老けさせていたのだと知れる。

「客足も、めっきりと減ってな……何も、悪いことはしてないのに」

憮然たる面持《おもも》ちで、光三郎は言った。

店に入ってからしばらく経つが、来た客といえば音乃のほかはいない。

「こっちが訊きもしないのに、中岡という火盗改は、嫌な話を聞かせてくれたものだ」

——何か、中岡という男に含みがありそうだ。

一番不思議なのは、自らが属する火付盗賊改方の失態を口にしていることだ。そんな疑問が、音乃に宿る。

——火盗改の中岡が気になる。

十二年前の事件の糸口になるかどうかは別として、音乃は頭の中にその名を刻み込んだ。

気づけば、半刻近くが経っている。

「ご主人が病だというのに長いお話で。わたくしの気が利きませんでした」

「いや、大丈夫だ。それにしても不思議だ」

「何がです？」

「音乃さんと話していたら、なんだか元気を貰ったような気分になって、なんでも話す気になった。一見年端《としは》のいかないお嬢さんと思えたが、よく見ると二十も過ぎたあたりであろうか。お若いのに人を受け止める器量があると、手前には感じられた」

事件とは直接関わりがないが、光三郎から思わぬことを聞くことができた。

そのあと音乃は、義母である律の土産《みやげ》にと、吊るしてある小袖と襦袢を買った。

「まいど……」という末吉の声を聞いて、音乃は赤札屋をあとにした。

二十間先の茶屋で、丈一郎が音乃を待っている。

「饅頭《まんじゆう》を食いすぎ、口ん中が甘ったるいな」

茶を含みながら、丈一郎が独りごちたところで、音乃が入ってきた。

「ずいぶんと、お待たせして……」

ごめんなさいと、頭を下げた。

「何か、おもしろそうな話が聞けたか？」

「いいお話といえますかどうか……」

音乃の憂いがこもる口調であった。

「何かあったのか？」

「聞けば、不愉快なお話でした」

夕暮れも近くなっている。霊巌島の家に戻ってから話そうということになった。

帰路の途中、魚河岸に寄って酒の肴《さかな》を買い込む。甘いものが口に残り、丈一郎は塩辛い干物で取り除こうと鰯《いわし》の丸干しを四尾買った。

「あまり、塩辛いのはお体によくありませんわ」

音乃から言われ、丈一郎の気が塞《ふさ》ぐ。

塩辛いのは血の圧が上がる。甘いものは歯が侵されるし、尿が甘くなる病になる。

酒は呑み過ぎるな。ご飯は少なめに、よく嚙んで食べろ。

何を食しても、律と音乃から一言がある。

――いったい、何を食ったらいいのだ？

みな自分の体を気遣っているのだと、丈一郎は口にするのを我慢していた。

音乃の手には、風呂敷の包みがぶら下がっている。来るときにはもってなかったものだ。

「なんだ、それは？」

丈一郎が、包みに気づいて問うた。

「赤札屋さんで買ってきました。お義母《かあ》さまのお土産で小袖と襦袢です。あのお店、何か買ってやらないと潰れちゃいそうでして……」

「客が来ないのか？」

「半刻ほどいましたけど、お客さんはお一人も来られませんでした」


西の空が、茜《あかね》色に染まるころ二人は霊巌島の宅へと戻った。

「ご苦労さまでした。お酒の仕度はしてあります」

律が、上機嫌で丈一郎の帰りを待っていた。復帰しての初仕事である。これほど溌剌とした夫の姿を見るのは久しぶりだと、万感の思いが面相に表れている。そのほほえましい姿を見て、音乃の顔にふと笑みが浮かんだ。

――わたしもああやって毎日、真之介さまの帰りを待っていたのね。

しかし、家で迎えようにも、真之介はもういない。一抹の寂しさが、ふと音乃の心をよぎったが、気持ちの切り替えは早い。

「お義父《とう》さまの足が速くて。さすが、町方同心と思いました。ついて歩くのが、精一杯」

「音乃も、お疲れさま。今、お酒とお料理を用意しますから休んでいて」

律が炊事場に行こうとするのを、丈一郎が止めた。

「ちょっと待て。こいつを買ってきた」

包みを開けると、鰯の丸干しが四尾入っている。

「あら、またこんな塩辛いものを……」

「うまいのだから、仕方があらんだろ。すぐに、焼いてくれ」

「二匹だけにしておいてくださいね」

律の言葉に、丈一郎は不満そうな表情を見せた。

「わたしも、お手伝いします」

「いいの音乃は。お料理なら用意はできてます。これからあなたは、北町影同心巽丈一郎の相棒として働くのですから、家のことは心配しないでもけっこう。それよりも、大事なお話があるのでしょ」

「そうでした。それではお義母さま、よろしくお願いします。そうだ、これ……」

手にする風呂敷包みを、律に渡した。

「わたしからの、お土産。古着屋に用があってまいりましたので、買ってきました。小袖の柄が、お気に召しますかしら？」

その場で風呂敷を開けると、臙脂《えんじ》色の地に井桁絣《いげたかすり》の模様があしらわれた小袖と、下に着る襦袢が一着ずつ入っている。

「私の好きな柄」

「色もお若く見えると思いまして。それに合う、襦袢も……古着ですが、ごめんなさい」

「とんでもない、ありがたくいただいておきます」

本当の母娘のようだと、脇で丈一郎が目を細めて二人のやり取りを見やった。

晩酌の用意ができるまで、丈一郎は音乃の話を聞くことにした。

「不愉快な話とは、どういうことだ？」

待ちきれないとばかり、丈太郎が話を急《せ》かす。

主光三郎から聞いた話を音乃は澱《よど》みなく語った。米問屋十川屋のあとに入った商店の惨状の件《くだり》には、丈一郎は顔を顰めて聞き入っていた。

十二年前の押し込み強盗はさることながら、四軒の商店の崩壊と、赤札屋の今の状

況に、

「酷い話があったものだ。本当に聞いていて、不愉快であるな」

丈一郎が首を振りながら嘆いた。

「話の裏にはすべて火盗改が絡んでいます。中岡という火盗改の同心が来て、それぞれのお店の惨状を聞かされたころから赤札屋さんも傾きはじめたと。そのへんが気になりまして……」

「いや待て、音乃」

丈一郎が、手を差し出して話を止めた。

「今、中岡と言わなかったか？」

「はい」

「もしや、その男……」

「お義父さまにお心当たりが？」

「ほれ、昼間檜物町で捕り物があっただろ」

「はい、どうも無理矢理職人さんが連れていかれたような……」

「おそらく、あの火盗改が中岡という名の同心だ」

中岡という名が、音乃の脳裏に焼きついている。

「職人さんが連れていかれたときお義父さま、何か考えていたご様子でしたが、そのことでしたか？」

「ああ、すぐに名を思い出せんかった。どうも、もの覚えが悪くなった」

「わたくしにも、よくあることです。先日も、見覚えがあるお方なのに名を思い出せず『今日《こんにち》は……』と声をかけられ、難儀しました」

「音乃にして、そうか。どちら様ですかとは、訊けないものだよな」

まったくですと音乃が返し、二人の笑いが揃うもすぐに真顔に戻る。

「その中岡という同心を、探ってみようかしら」

「何か、感じるところがあるか？」

「はい。もしや、十二年前の十川屋さんの事件に、その中岡が関わっているのではないかと。捕り方とは別のことで……」

「というと、まさか事件そのものにか？」

「はい、そのような気がして……」

「いや、憶測でものを言ってはいかん。まだ、その段階ではないだろう」

「そうですね。お義父さまのおっしゃるとおりで、どうも勘でものを言ってしまいました」

音乃が頭を下げて詫びるも、丈一郎は腕を組んで考える仕草であった。そして、すぐにその顔が音乃に向く。

「憶測で言っていかんとはいうものの、何も分からぬ以上、最初は勘に頼らなくてはならんこともある。臭いと思ったら、まずそこから叩いてみることも肝要だ」

町方同心としての経験から、丈一郎は心構えを説く。

「その中岡がなぜに、赤札屋の主に商店の惨状を聞かせたのかも気になるな」

「お義父さまも、そう思われましたか」

「ああ、いくらなんでも火盗が、自らの失態を他人に語ることはあるまい」

「やはり中岡という同心に近づいてみます」

「深入りすると……いや、音乃だったらできるかもしれん。ただ闇雲に動いていても仕方あらんからな」

糸口になるかどうかは半信半疑であるも、とりあえず中岡という火盗改の同心に狙いを定めようと、音乃と丈一郎の意見は一致を見た。

「よし、そこからやってみるか」

「はい」

「中岡に取り入るのに、どのような手はずを音乃は考える？」

「懐《ふところ》深く入り込むには、まずは相手の弱点を握るのが手っ取り早いかと」

孫子の兵法に、相手の弱点を突けという件《くだり》がある。弱点はすきに通じる。

——これは策として、充分なり得る。

音乃の解釈からすれば、中岡の弱点を見つけ懐に入り、根幹を探るということだ。まさしく、影同心としての骨頂《こっちょう》である。

「火盗改から直々に、十川屋さんの事件のことで話が聞けるものかと……」

音乃の狙いであった。

「もし、事件を探っているのが知れたとしたら、何をされるか分からんぞ。それと、どうやって中岡の弱点を探る？」

にやりと笑いを含ませながら、丈一郎が問う。音乃の揺らぎを試したのだ。しかし、音乃は動じない。

「これは、わたくしにしかできないこと。そのために、こんな美貌に生まれて……あら、自分で言ってしまった」

口に掌《てのひら》をあて、音乃は言葉を止めた。

「いや、自分で言ってもおかしくない。こいつは、音乃がもっている最高の武器だからのう。虎穴《こけつ》に入らずんば、虎児《こじ》を得ずってことか」

格言を引き合いに出し、丈一郎が言ったところであった。

「お話は、済みましたの？」

律が、酒の載った膳を運んできた。

「丸干しを焼くのに手間取りまして、用意が遅くなりました」

「いや、おかげで話が先に進んだ」

「それは、よろしかったです。ですがあなた、あまり呑みすぎないでくださいませ」

相変わらず、余計な口だと顔に渋みを浮かべながら、丈一郎は手酌で酒を呷《あお》った。

二

翌日は、朝から動く。

空は晴れ渡り初夏を思わせる陽気のもと、音乃と丈一郎は捕り物があった檜物町へと向かった。中岡が来るかもしれないと踏んだからだ。

この日の出で立ちは、音乃は黒襟のついた黄八丈を着込み、髪は娘島田に結って町屋娘を醸し出す。丈一郎は商人の隠居風といった形《なり》である。

隠密同心は、いろいろな身形《みなり》に変装する。影同心も然《しか》りである。

昨日捕らえられた職人の名は寅吉《とらきち》と、近所の者から聞き込んだ。『曲物《まげもの》　寅』と書かれた油障子が閉まっている。きのうとは、うって変わって家の前は静かであった。

「ごめんください」

音乃の声を二回ほどかけると、つっかえ棒が外れる音がした。

「どちらさまですか？」

女の声がした。

「音乃と申しますが、寅吉さんのことで……」

障子戸が開くと同時に、檜の香りが鼻をくすぐる。

きのう見た、寅吉の女房がやつれた姿で音乃の前に立っている。

驚く顔は音乃を見てではなく、うしろに立つ丈一郎にである。

「もしや、あなた様は八丁堀の……？」

丈一郎を知っているようだ。

「おや、もしかしたらおよねか？」

「あたしを、覚えておいでてしたか？」

「ああ、やっぱりおよねだ。きのう見たときも、似ているとは思ったが、久しぶりだのう。およねは、わしのことを覚えておったか？」

「ええ、忘れません。たいへんお世話になった旦那ですから。どうぞ、中にお入りになって……」

通りに面した一軒家である。曲げ物師の仕事場は、八畳ほどもあり広く取られていた。その片隅に、お櫃《ひつ》と三方《さんぽう》が堆《うずたか》く積まれているのが音乃の目に入った。

仕事場の奥にある、六畳一間の部屋に上がっての話となった。隅に、三歳ほどの男の子が座っている。

「たろ坊、そこでおとなしくしていな。お客さんだから……」

「うん」

「太郎吉《たろきち》という名でしてね……」

寅吉の、一人息子だとおよねが言った。

行灯《あんどん》に照らされた太郎吉に、子供らしい元気さがない。

「おっ父《とう》が火盗に連れていかれて、子供ながらにも分かるのでしょうよ」

「たいへんな目に遭ったな」

「まったく、火盗改ってのは……」

憤りで言葉が震え、その先が出ない。

大きなため息をつき、およねの肩がガクリと落ちる。それでも気丈に体を起こし、丈一郎に向いた。

「八丁堀の旦那はどうしてここに？」

「いや、もう八丁堀ではない、一年前に隠居してな」

ここでは本性を隠すことにした。夫を取り返してくれと、およねにせがまれても困惑するだけと思ったからだ。

「その節は、本当に助かりました」

改めて両手をつき、およねが畳に伏した。

「もう、昔のことだ。礼ならば、すでにしてもらった。もういいから、頭を上げなさい」

経緯が分からず、音乃が怪訝そうな顔をしている。

「四年ほど前、暴漢に襲われそうになったおよねを助けたことがあった。町方として、当たり前のことをしたってだけだ」

「そんなことがあったのですか」

得心をして、音乃は大きくうなずきを見せた。

「ここにいる娘は、音乃といってわしの倅の嫁でな」

「左様でしたか……」

音乃と同じ年ごろであろう。心労からか十歳も老けたような、およねのやつれ方であった。

「音乃は先だって夫を亡くしてな、およねと同じような塞ぎ方だった。後家であるのに娘の格好をしているのは、事情《わけ》があってのことだ」

「お似合いでございます」

およねから、余計な詮索《せんさく》はなかった。

「火盗に捕まったからといって、何も殺されるわけではない。生きて帰るのを信じて待っておるのだ」

丈一郎の慰めに、およねが小さくうなずきを見せた。

「旦那はどうして、寅吉のことを？」

「きのうたまたまここを通りかかってな、寅吉が捕らわれる現場を見たのだ」

「そうでしたか」

「そしたら寅吉の嫁がおよねだったとはな、奇遇なこともあるものだ」

丈一郎が、およねに向けて話を切り出す。

「ところで、およね……」

「はい」

「寅吉は、なんの罪で火盗改に捕まったのだ？」

「三日ほど前、十軒店町《じっけんだなちょう》にある福富屋《ふくとみや》さんで、裏の塀が焼ける小火《ぼや》がありまして、火を付けたのが寅吉だというのです。絶対に違うと言っても、火盗改は聞き入れてくれません。そんなんで……くくく」

嗚咽《おえつ》を漏らして、およねの言葉が止まる。

「おっかあ……」

涙を流す母親を心配したか、太郎吉が近寄ってきた。小さい体でおよねの肩に手をかけ、慰めているかのようだ。そんな健気《けなげ》な太郎吉の姿に、音乃は袖の袂でそっと目尻を拭った。

「ああ、大丈夫だから、たろ坊はあっちに行って遊んでな」

「うん」

太郎吉が、一つ二つと数を数えて石ころを動かしている。それを見ながら、およねが再び話しはじめる。

ふーっと一つ息を吐き、およねは気持ちを落ち着かせた。

「こんなことになったのも、十日前……」

福富屋に納めてあった寅吉の作った品物が、突然返品された。それは、寝耳に水の出来事だったとおよねが悔恨込めて言った。

「福富屋さんと寅吉は長い付き合いでして、まさかこんなことになるとは……」

『福富屋』とは、日本橋十軒店町で小物雑貨を扱う大店《おおだな》である。日用の家庭道具から、女性の化粧道具までありとあらゆる商品を扱う、品揃えのよさで江戸中に名が知れる店であった。音乃も丈一郎もその店の名は知っている。

暖簾《のれん》分けをした店が十店ほどあり、十軒店町は福富屋の本店であった。

「仕事場に積み上げられているのは、そこから返されたものですか？」

音乃の問いであった。

「ええ、そうなんです」

「なぜ、返されましたのでしょう？」

「それが、まったく分からないのです。寅吉が掛け合っても、仕入れの番頭さんはすまないと謝《あやま》る一点張りでして、寅吉はしょげておりました」

「それは、がっかりするだろうな。だが、理由《わけ》を語らないというのもおかしなものだ」

「ちょっと、失礼します」

音乃は立ち上がると、仕事場に下りた。そして、お櫃を一つもってきた。

「お義父さま、ご覧になってください」

「なるほど、これはたいした作りだ。品物が駄目だという理由ではなさそうだ。およねにはほかに心当たりはないのか？」

「寅吉も考えていたくらいですから、あたしには……」

まったく分からないと、およねが首を振る。

「ですが、あまりにも悔しかったのか、寅吉がこんなことを口走っていました」

「なんと……？」

丈一郎が、詰め寄るように訊いた。

「寅吉が歯を食いしばり『――福富屋に、火を付けてやると』と。滅多なことを言うんじゃないよと叱りましたが……もちろん、寅吉はそんな大それたことをするはずがありません。それでも、捨てる神あれば拾う神ありで、それが証《あか》しについ先日、福富屋さんとは別の小間物屋『山善屋《やまぜんや》』さんで、品物を引き取りたいと言ってくれました。

その矢先に、火盗改が……」

「乗り込んできたということか？」

「そのとおりです」

「山善屋とそこまでの話になっていたら、なにも寅吉は福富屋に火を放つことはないな」

「寅吉は山善屋さんとの話を訴えたのですが、聞き入れてもらえず、それどころか『御用にたてつくんじゃねえ』と……」

打ちのめされたというのは、寅吉の様子を見て分かっている。

「……なんとか、もち堪《こら》えてくれればよいが」

丈一郎の呟きが、音乃の耳に入る。

「およねさん、山善屋さんてどちらにございますの？」

音乃は、初めて聞く屋号であった。

「日本橋伊勢《いせ》町にあると聞いてます。あまり大きなお店ではないですが、最近になって繁盛してきたと聞いています」

伊勢町は、魚河岸の北側に位置する。

「お義父さま……」

「ああ、行ってみるか」

二人同時に立ち上がる。

「およね、気を落とさずに寅吉の帰りを待て。何もしていなければ、きっと戻ってくるだろうからな」

「太郎吉ちゃんのためにも負けちゃ駄目」

丈一郎の励ましに、音乃が言葉を添える。

「旦那と音乃さんは、そのわけを聞いていないいったいおよねが、何をしにここに……？」

眉根を寄せて問うた。

「いや、ちょっとしたことを人から頼まれてな……」

丈一郎が、言葉をつっかえさせながら明言を避けた。そこに事情を感じたか、およねからはそれ以上の問いはなかった。

ただ一言「お願いします」と、あった。

三

日本橋伊勢町にある、小間物商山善屋はすぐに見つかった。

およねが言うほど、店の構えは小さくはない。大店の福富屋と比較して言ったのだろうと、音乃は取った。客の出入りもあって、およねが言ったように繁盛しているように見える。

「あそこですわ、お義父さま」

山善屋の看板を指差して、音乃が言ったところ、ちょうど店から出てくる侍の姿があった。

「おや、あの侍は……？」

着流しに、焦茶色《こげちゃ》の羽織を纏った侍は一見町方同心の形《なり》である。ただ、八丁堀風小銀杏とは髷の形が違っている。

「あれが、火盗改の中岡だ」

丈一郎と音乃のほうに向かってくる。居所を探ろうとしていたのが、思わぬところで出くわした。二人は顔を見られぬよう、立ち話を装い中岡をやり過ごした。

「わたくし、中岡を尾《つ》けてみます」

「わしは、山善屋を当たろう。おそらく中岡は、およねが言ったことの裏を取りに来たのであろう」

「それが証明されれば、寅吉さんは……」

「ああ……音乃、見失うぞ早く行け。ここからは別行動で、話は家でしよう。気をつけてな」

丈一郎が、早口で言った。

「はい、かしこまりました」

――山善屋さんから裏づけが取れれば、寅吉さんは助かりそう。

そんなことを考えながら、中岡の十五間ほどうしろを、音乃は追った。日本橋目抜き通りの雑踏に入ると、その間を狭くする。

本町の辻を通り越し、二つ目の道を左に曲がる。大通りから一町ほど入ったところに、もう一つの小間物屋があった。

軒から下がった看板には『福富屋　本店』と書かれてある。間口は山善屋の倍ほどあった。

一店で百坪もある売り場は、江戸でも一番の広さの小間物屋といわれている。板張りの床は土足で上がれ、商品は平台や棚を並べて陳列してある。それだけに、いつも店の中は客でごった返していた。

中岡は、左右を見渡してから店の中へと入った。

「……山善屋さんから福富屋さんへ？」

何故、とばかりに音乃は考える。

山善屋への裏づけ捜査は分かるものの、福富屋への用事は想像できない。下手人を捕らえたからには調べはついているはずだ。聞き込みもなかろうし、必要もないところである。

「いいえ、やはりあり得る」

音乃は、先の考えを覆《くつがえ》した。

山善屋の裏づけをもって、福富屋を当たる。寅吉の無実が証明された今、真の放火犯を捜さねばならない。そのための聞き込み再開と、音乃は読んだ。

中岡が店の中に入るのを見届け、音乃もあとを追った。

店内の一角で、町屋の娘が三人ほど固まって笑い声を立てている。娘が好きな、簪《かんざし》や櫛《くし》を並べている売り場であった。中岡は娘たちに近づき、何やら話しかけている。

「お嬢ちゃんたち、その簪がほしいのかい？」

音乃はそっと近づき、その声を拾った。馬面の、鼻の下を伸ばしてのにやけた表情に、中岡の一面が垣間《かいま》見える。

「おじさんが買ってくれるの？」

鬼よりも怖いといわれる火盗改に、娘たちは臆面もなく訊いた。

「ああ、いいとも。その代わり、俺と付き合ってくれればの話だ」

冗談かと思うも、そうではない。中岡の顔は真剣そのものであった。

「いえ、いいです」

その顔に恐れをなしたか、娘たちは逃げるようにその場を立ち去っていった。

「ははは、しょうがねえな……」

獲物を逃した獣のように、中岡は苦笑いを浮かべた。

大事な聞き込みがあろうというのに、中岡の挙動は不可解であった。

音乃は横目で見ながら、中岡の次の行動を探る。

「主はどこにいる？」

店の小僧らしき男に、中岡が声をかけた。

「先ほどまではこの辺にいたのですが……あっ、あそこにいます」

五間ほど先を指さして小僧が言った。

「呼んでこい」

中岡の凄みに、小僧は店の中を駆け出していった。

店主である富衛門《とみえもん》は、一代で福富屋を築き上げた男である。

富衛門は、率先して店に出ていることで知られている。そういう普段の努力が身代を大きくするのだと、一部の商人たちからは手本とされている。その反面、商いには人を蹴落とす非情な面ももち合わせていると、両面の評判を取る人物であった。

世間では、福富屋のことでこんな噂がもちきりであった。

他人《ひと》の血と汗を土台にして、福富屋富衛門はのし上がってきた。そのためにどれだけの人を泣かせ、身代を大きくさせてきたかと――。

「これはこれは、中岡様……」

にこやかな顔をして、中岡に近づいてきた。

主富衛門の大きな耳たぶは福相であるが、眉間に太く刻まれた縦皺と、白目が勝る三白眼《さんぱくがん》は、非情な性格もうかがわせる。

――あれが評判の、主人か。遣り手だと聞いているけど、やはり冷たいところもありそう。

富衛門を実際に見ての、音乃の第一感であった。

音乃は死角に入り、話し声が聞こえるほどのところで、品定めをする振りをして立っている。男用の髭剃《ひげそ》りの、見たくもない品物であった。

「主、すべてはうまくいっておるぞ」

「左様でございますか」

小声ではあったが、そばだてる音乃の耳にはよく聞こえる。

中岡と富衛門の、思いがけないやり取りに、驚いたのは音乃であった。心の臓がドキンと鼓動を打ち、もっている品物を危うく落とすところであった。

「あとは三治《さんじ》だが、そっちのほうはだいじょうぶだろうな？」

「はい。板橋《いたばし》の在にある実家にしばらく……」

「それでいい。今夕には、片をつけるでな」

「何から何まで、お世話になります」

「今、山善屋に行って寅吉の仕業だと、ほのめかしてきた。片棒をでっちあげられるとも知らず……」

「中岡様、ここでその話は……」

富衛門が周囲を見回して、口にする。音乃の耳に聞こえてきたのはここまでであった。

音乃はその場からそっと離れ、遠目から二人の様子を探った。もう、声は拾えないが、仕草は分かる。

中岡が、富衛門に背を向けた瞬間、何やら白い塊《かたまり》が袖の中に落ちるのを、音乃は目にした。

何ごともなかったように、中岡と富衛門が離れる。

音乃は、中岡の背中を見て歩く。店の出口に行くと思いきや、まだ店の中をうろつく。そして、ある場所に中岡は足を踏み入れた。

そこは、女の飾り物を売る一角であった。

女の客が陣取る売り場である。若い娘で、賑わっている。

——今夕、片をつけると言っていた。

どうやら、山善屋を巻き込もうとしているようだ。

たったそれだけの話に、一つ音乃が確信できたのは、放火の件は福富屋富衛門と中岡の謀議であったことだ。寅吉と山善屋を下手人にでっち上げて——。

——山善屋に行ってみようか。

行ってどうするかまでは、音乃の頭の中にはない。また、行ったところでどうなるものではない。

火盗の手が入ったら、どうあがいても万事休すである。

——とんでもない、火盗改！

火盗改の役所の中に、これほどの悪人がいるのかと、憤怒が音乃の脳天を突いた。

「……山善屋さんに踏み込ます前に、なんとかしなくては」

音乃は焦っていた。

考えがまとまらず、飾り物売り場に立ち尽くすそこに、好機は向こうからやってきた。

いきなりポンと肩を叩かれ、振り向くと馬面の中岡が、にんまりとした様相で立っている。

心の臓が破裂するのではないかというくらいの大きな衝撃に、音乃は立ち眩《くら》みを覚えた。

床に落ちようとするのを、中岡の太い腕が支える。

「どうした娘、大丈夫か？」

「急に立ち眩みがしましたもので、もう平気です。ありがとうございました」

倒れそうになったのを、音乃は自分のせいにした。

「すまなかったの。拙者がいきなり肩を叩いて、驚いたのであろう」

「いいえ、そうではないです。あたし、血が薄いものでして」

「それは、いかんの。やはり、血が薄い娘は色が白くて美しいというが本当だな」

そんなことは聞いたことがないと思うも、音乃は答えずに黙した。

火盗改同心の中岡から、音乃に近寄ってきた。

しめたとの思いが、音乃に宿る。

「脅かした詫びだ。どうだ娘、これから血のつくものでも食いに行かんか？　馳走するぞ。夕方までは、間《ま》があるでな」

「いいえ、とんでもございません。見知らぬお方から、ご馳走などと……」

「拙者をよからぬ男と、恐れておるな。ならば、聞かそうか。拙者は火付盗賊改方の同心で中岡と申す。別に怪しい者ではないから、安心いたせ。むしろ、悪の手から娘たちを守るのが俺たちの仕事だ」

——中岡の弱点は、好色にあり。

隙につけ込む、絶好の機と音乃はとらえた。これで、寅吉の一件もなんとかなるかもしれない。

「いいえ、たとえ誰とでも……」

音乃が、裏腹な言葉で一度はいなす。

「遠慮することはない」

音乃は首を振って、さらに中岡を焦《じ》らす。

「町人の娘のくせして、まだ首を横に振るか」

役職を笠に、中岡が威圧をかけてきた。その真剣な眼差しに、今にも刀を抜きそうである。

「それでは、お供をさせていただきます」

恥じらいを込めるように、音乃は言った。

四

中岡の齢は、四十歳くらいであろうか。音乃とは倍の齢の差である。

「こっちのほうが近道だ」

店を出ると、中岡はすぐに道を曲がった。福富屋の母屋を取り囲む塀に沿って進む。幅が一間半ほどの、あまり人が通らない路地だ。

「ん……？」

道の中ほどまで来て、音乃は目にした。

天水桶が重ねられた近くに、塀の色がほんのわずかばかり濃くなっている箇所がある。微かな焦《こ》げた跡であった。

——あれが、火付けの跡？

気にしなければ、見落としてしまうほどの焦げ跡である。

——火を付けて、すぐに消したように見える。天水桶も重なりが乱れているし……。

中岡のうしろにつきながら、何かおかしいと音乃は首を傾げた。

天水桶の陰に何か落ちている。

——あれは……？

音乃は、中岡に気づかれないよう近づくと腰を落として木片を拾った。

——三治という人が落としたもの？

「……ありうる」

音乃の口から、思わず呟《つぶや》きが漏れた。

「何か言ったか？」

「いいえ。何を食べさせていただけるのか、楽しみでございます」

「そうか。もうすぐ着くから、楽しみにしておれ」

それから、一町も歩いたところであった。

「おう、ここだ」

数寄屋《すきや》造りの瀟洒《しょうしゃ》な門構えの料亭を前にして、中岡が立ち止まった。

門に掲げる屋号は『花びし』とある。

日本橋でも高級料亭として、指折りの店だと中岡が言うも、音乃は聞いたことがない。門構えや建物は、たいしたことがなさそうに見える。料亭と名乗るところなら、どこにでもありそうな見てくれであった。

中岡は通い慣れたかのように、気安げに格子戸を開けた。

「いいから入りな。日本橋でも、一番の店だぜ」

一歩足を踏み入れ、中岡がいう高級料亭の意味はここかと、音乃は得心をした。たしかに、庭には金をかけていそうだし、手入れも行き届いている。

門から玄関先までは、広い庭が見渡せる。すべての庭木がきれいに剪定《せんてい》され、地面にはごみ一つ落ちていない。瓢簞《ひょうたん》型の泉水には、色鮮やかな錦鯉が無数に泳いでいる。庭の奥には、こんもりと盛られた築山《つきやま》も見える。耳を澄ますと滝があるか、微かに水の落ちる音が聞こえてくる。

だが、料亭の命は料理の味である。格式は、その善し悪しで決まる。構えの見てくれではない。

玄関の遣戸《やりど》を開けると、女将《おかみ》が奥から顔を出した。

「これは中岡様。ようこそお越しで……」

女将の態度からして、中岡は常連のようだ。

「昼めしでも食そうと思ってな。ちょっと、知り合いの娘を連れてきた。上等の部屋を頼む」

音乃の前で、中岡が見栄を張った。

「これはおきれいな娘さんをお連れで……」

女将の一言で、中岡は有頂天となるか、にやけた表情を浮かべる。

「松の間が空いておりますので、そちらに……」

かなり、慣れ親しんだ女将との会話であった。女将自らが、松の間へと案内をする。

「女将、何か血のつくようなものを頼む」

「あらまあ、中岡様ったら真昼間から……」

「何を勘違いしておる。この娘は血が薄いってことでの……」

「かしこまりました。それでは、精のつくものを」

下世話な話からして、一流料亭の女将らしくない。音乃は不快そうに顔を歪め、二人のやり取りを聞いていた。

案内されたのは、真正面から滝が望める部屋であった。

上州《じょうしゅう》と武州《ぶしゅう》の狭間《はざま》を流れる神流川《かんながわ》で採取された三波石《さんばせき》が、渓谷の雰囲気を醸し出すように、積み重ねられている。苔むした岩肌に滝となって水が落ち、瓢簞型の泉水へと注がれている。ここからならば、泳ぐ錦鯉がよく見える。

「花びしで、一番の部屋だ。どうだ庭の景色は？　ここから見るのが最高なんだぜ」

話しかけられるも、音乃の頭の中はどう中岡を落とし込めようかと、策を考えることで一杯だ。

無言で眉根を寄せる表情を、中岡は音乃の不安と取った。

「何も心配することはない。ここは俺の馴染《なじ》みの店だ。今、うまいものが運ばれてくるから、楽しみにしていな」

「はい……」

目を細め、膨らむ穴から出る鼻息が荒い。前歯をせり出すのは、上機嫌の証しなのであろう。

顔も汚きゃ、言葉も汚い。肚《はら》は真っ黒に汚れている。胸に込み上げる不快な思いを押し止め、音乃は気持ちと裏腹の笑みを返した。

「ところで、名はなんという？」

「音乃といいます」

偽名は使わずにいく。

「自分の名に『お』をつける者がいるか。そうか、娘なのにとのというのか、変わった名であるな」

勝手に解釈をしていればよいと、音乃は肚の内で笑った。

やがて仲居たちの手により、膳が運ばれてきた。女将がついて、料理の説明をしている。

「これは、江戸湾で今朝獲れた穴子を……」

音乃はそれを、上《うわ》の空で聞いていた。

「それでは、どうぞごゆっくり」

女将と仲居たちが去り、部屋の中は再び二人となった。

向かい合っての膳である。中岡の膳の上には、銚子が二本載っている。

「おとのも呑むかい？」

中岡が銚子を手にして、注ぎ口を音乃に向けた。自分の名を呼び捨てにする中岡に、音乃は我慢に我慢を重ねろと自らに言い聞かせる。

――こんなことくらいで怒っては駄目。

「いえ、あたしは……」

杯《さかずき》を伏せて、中岡の酌を拒む。

「ならば、おれに酌をしてくれんか？」

拒みたくても、音乃には重要な使命がある。中岡の杯に、一滴だけを注いであげた。

「酌をしてくれるなら、もっと入れてくれ」

「ごめんなさい、慣れないもので……」

音乃の皮肉は通じなかったようだ。


音乃は、穴子の天ぷらというのを一口食した。

――うっ、まずい。

高級料亭とは、そぐわぬ味であった。穴子の素材を、油の悪さが打ち消している。

音乃は、その一口で箸を置いた。

いつまでも、こんなことをしていてもはじまらない。どこから切り出そうかと、考えたものの、のっけから寅吉の話には入れない。成り行き任せに、徐々《じょじょ》に話を運んでいこうと、当たり障りのないところから入ることにした。

「お話してもいいですか？」

手酌で酒を呑む中岡に話しかけた。

「ああ、なんだい？」

「中岡様って、いつから火盗改に入られたの？」

町屋娘の格好である。言葉遣いも、黄八丈の小袖に合わせなくてはならない。

「そうだな。もう、十五年にもなるかな。おお、もうそんなに経ったか。考えたこともなかったぞ」

どっぷりと、役得という樽に漬かっていたのであろう。茄子《なす》の古漬けのように、干《ひ》からびていると音乃は思った。

「中岡様は、お手柄を立てたことってあるの？」

「どうして、そんなことを訊く？」

「火盗改のお役人様って、豪傑のお方が多いと聞いたことがあるから。あたし、強い人って好き。なんでもいいから、武勇伝を聞かせてくれる？」

こういう男は、自慢話で自分を盛《も》り上げるものだ。そんな習性があるのを、音乃は見越している。

――あの男もそうだった。

以前、音乃を追いかけていた、勘定奉行の息子板谷弥一郎《いたややいちろう》が一番の例として浮かぶ。

「そうだなあ、いくつもあってどれとはいえんな。強《し》いていえば、あれかなあ……」

「どんなのですか？」

興味津々《しんしん》とばかり、音乃が身を乗り出して訊いた。

「五年前であったか。押し込みと遭遇し、夜盗五人をその場で斬り殺したってことかな。手強《てごわ》い相手だったぞ」

「まあ、すごい！」

音乃の返しに気をよくしたか、中岡がさらに語る。

「まだあるぞ。八年前だったか、質屋殺しでは八人の盗賊相手に……」

そんなのを聞いてもどうでもよい。話の成りゆきで、音乃は十二年前の事件に触れようと思った。危険覚悟で問う。

「十五年もお役についているのなら、今から十二年ほど前に、日本橋本石町の米問屋さんで大きな事件があったのを知ってます？」

上目づかいで中岡を見やると、手酌する手が止まった。ジロリと音乃を睨む。ぞっとする、刺すような目線を返してきた。

「十二年前だと？　おとのはまだ子供だったであろう。なぜに、そんな古いことを訊く？」

「はい。わたしの実家が、二軒隣でしたから。十川屋さんという、お米問屋の……」

事件を探るには、方便も考えておかなくてはならない。まったくの虚言を言って音乃は、中岡の顔色をのぞき見た。

「十川屋の事件を知っておるのか？」

顔が赤らんでいるのは酒のせいか、話に上気したものか判断ができない。

「ようく、覚えております。大旦那さんと、若旦那さん夫婦が大工職人の手によって……」

「そんな事件は、どうでもよかろう。とうの昔に忘れた」

音乃の話を声高に遮ると、カタンと荒い音を鳴らして杯を置いた。中岡が見る間に不機嫌な表情を示す。

明らかにいらだっている素振りだ。

――間違いなく、何かある。だけど、ここでの深追いは禁物。

それさえつかめればこの件は上出来と、音乃は顔に笑みを作った。

大工職人の寅吉を捕らえた一件に入りたかったが、まだつっ込む段階ではないと、機会を探った。

「お気に触ったらごめんね。はい、お酒をどうぞ」

音乃の酌で、中岡の機嫌は直ったようだ。赤みを帯びた顔が、元へと戻る。酒は強いたちか。さっきの顔の赤みは、上気からくるものと音乃は取った。

ここで音乃は、決心する。

やはり何かきっかけを作り出さなくては、寅吉は火付けの咎で獄門台へと上ってしまう。

――真之介さまならどうされます？

音乃の自問であった。

『――太郎吉のためにも、勇気を出せ』

地の底から、真之介の声が聞こえてくる。

「……はい」

呟くほどの小声で、音乃は答えた。

五

ここが切り出しの機会と、音乃は踏んだ。

上だ。

音乃は、自分がもつ最大の武器を駆使することに決めた。危険はもとより、承知の上だ。

向かい合って座るには隔たりがある。音乃は立ち上がると、中岡の隣に座った。

「おお、そばに来てくれたか」

「近づかないとお酌ができないでしょ。はい、お酒」

酌をすると、ますます中岡の鼻の下が伸びる。再び顔に赤みがさした。

「お袖が、重そう……」

ぐいとばかりに杯を呷《あお》ったところで、音乃は言った。

ゲホッ――

中岡が酒に咽《む》せ、飛沫《しぶき》を口から噴き出した。

「いいですねえ、火盗改のお役人様って」

「なんでだ？」

「だって、あちこちの商人からお金が入るのでしょ？　あたし、さっき見ちゃった……」

「何を見たのだ？」

「福富屋の旦那様が、袖の中に白いものを。あれって、二十五両包んだ、切り餅じゃないかしら。羨ましい、あたしもあやかりたい……さあ、どうぞ一献」

　音乃は、科《しな》を作ってさらに近寄ると中岡の表情をうかがいながら酒を注いだ。

「そうか、見ておったか」

「あたし、黙っててあげるから心配しないで」

「ああ、頼む」

　ほっと、安堵したような中岡の表情であった。

「おとのに、酌をされると堪らんな。下手《へた》な芸子《げいこ》など足元にもおよばん」

「下手な芸子さんなどと、比べたりしないで……」

「まったく、音乃の言うとおりだ」

　気持ちが昂《たか》ぶるか、中岡はぐっと一息に酒を呷った。

「はい、お酒……」

　音乃は膝がくっつくほど接近して、酒を注ぐ。

「おとの……」

　中岡が堪らず、音乃が差し出す手を握ろうとしてきた。咄嗟《とっさ》にひっこめ、音乃はいなす。もう少し焦《じ》らしてやろうと、さらに挑発をする。

「まだ、早いですわ、中岡様……」

鼻にかけた声で、音乃は言う。

「左様か。楽しみは、あとに取っておくことにするか」

「あたし、中岡様みたいな男らしい人が……す・き……」

明らかに、中岡の鼻の下が伸びているのが分かる。

「俺も、おとののことが大好きだぞ。初めて福富屋の店で会ったときからな」

——もうひと押し。ここが大事！

「よろしければ、この先もお付き合い……いや、恥ずかしい」

自分で言っていても気恥ずかしくなる。音乃の口から自然と出た言葉であったが、それが迫真の芝居となった。中岡にとっては、音乃の真心と取れる。

「俺のほうから願ったりだ。これから、どこかで……」

「いいえごめんなさい。いくらなんでも、初めてあったお方とは……あたしは、そういったふしだらな女ではございません」

「すまなかったな。ならば、次に逢ったときの楽しみとしておこう」

「そうなさって、くださいませ」

「ああ、楽しみだのう。こんなにきれいな娘を相手にできるなんて、俺は果報者だ」

「中岡様は、奥さまは……」

「そんな者はおらん。今までもらおうとは思ってもいなかったが、だが、おとのなら考えてもよいな」

「またまた、せっかちなお言葉ですこと。ですが、わたしも考えないことはありません」

「ほんとか！」

まさかと思っていたか、中岡の驚愕の表情であった。

――これで、なびいた。

音乃は、これを好機と取った。

「お願いを聞いていただけましたら……」

「そういうこともあるだろう。音乃は何を欲している？　金か……」

「そんなものではございません」

首を振って拒む。

「ならば、なんだ？　遠慮なく申せ」

音乃がもじもじしている。

「どうした、何をためらう？」

機嫌を取るような、中岡は顔に似合わない優しい言葉をかけてきた。

「でも、火盗改のお役人にお願いしてもいいことかしら」

「俺の仕事に関わることか？」

「はい……」

「いったいどんなことだ？　ことと次第によっては聞いてあげないこともないぞ」

「ならば、思い切って言います。中岡様は、およねさんていう名の、女の人をご存じございませんか？」

「およね……聞いたことがないな」

「あたしの幼馴染で、寅吉さんてお方の女房……」

「寅吉だと？　聞いたことがあるな」

「火付けの咎《とが》で……」

「ああ、あの寅吉か」

にわかに中岡の顔色が変わる。

「どうか、なさりました？」

「いや、なんでもない。その寅吉がどうしたと、おとのは言うのだ？」

「火付けなんかしてないのに、どうして捕えられたかと。中岡様ならお力になってくださるものかと……」

「うーむ」

中岡は、考える素振りとなった。自分で捕まえたとは音乃には言えないようだ。

「もし、中岡様が寅吉さんを救っていただけましたらこの先も……まあ、一献」

中岡の顔を、下からのぞき込むようにして、音乃はもてるだけの色香を発揮した。

中岡の頭の中は、どっちを選ぼうか迷っているようだ。

福富屋を選ぶか、音乃を選ぶかと。

「……男なら、おとのだろう」

中岡の口から呟きが漏れた。

「だがのう……」

まだ、迷っている。

「あのう、これをごらんください」

中岡の迷いにつけ込むように、音乃は袂から拾った付け木の木片を取り出した。

「なんだ、それは？」

「先ほどこれを、火付け現場の近くにある天水桶の陰で拾いました。たぶん、これでもって火を付けたものと。塀に小さく焦げた跡もありましたし……でも、なんだか、おかしくありません？　中岡様なら、こんないい加減なお調べはしませんですよね、こんな大事な証拠を見逃すなんて」

「ああ、まったくだな。しょうがない奴だ」

中岡が、他人《ひと》の仕事の落ち度にした。

「これで、寅吉さんのことを救えないかしら？」

「しかし、証しがこれだけではなあ……」

色気と証拠が足りなければ、もう一つ付け加えなくてはいけない。だが、音乃は口にするかどうかを迷った。言えば中岡は豹変するかもしれない。

――寅吉さんを助けるため。

音乃は、慎重に言葉を選んだ。

「でしたら、三治さんて誰のこと？」

「なんでそのことを知っている？」

案の上、明らかに中岡の顔色が変わっている。

「さっき、福富屋さんのご主人と話していたのがちらりと聞こえまして……おそらく、三治さんていうお人が、この付け木を……」

音乃は、話を作って鎌をかけた。

「なんだと？」

中岡の表情からして図星のようだ。

「ごめんなさい、あたし余計なことを言ったよう。ただ、寅吉さんを助けたいために、許してください」

音乃は深くうな垂れて、詫びを言った。出せといえば、涙の一つも落とせる。

膝に置く手の甲に、涙が一滴落ちた。

「まあよい、泣くでない。おとのに涙は似合わぬぞ」

中岡が、情にほだされた。

「許していただけて……？」

「忘れてくれたら、それでいい」

もうひと押しと、音乃は駄目を押す。

「わたしとしては、寅吉さんのお嫁さんであるおよねさんもお子の太郎吉ちゃんも大事。でも、中岡様ともお付き合いをしたいし、なんとかならないかしらん？　もしできなければ、この先、中岡様とはもうこれまで……」

ぷいとそっぽを向いて、音乃は言った。

「ええい、分かった」

中岡の決断は、福富屋よりも音乃を選んだ。

「なんとかしようではないか」

どうせ、自分たちの自作自演である。中岡の胸先三寸でどうにでもなることだ。

──相手の弱みにつけ入る。

音乃の色香作戦は、功を奏した。

「その代わり、今度はゆっくりと付き合ってくれ」

「はい。よろこんで、望むところです」

音乃の思いは、寅吉のことから十川屋の事件のことへと移った。まだ、中岡を手放すわけにはいかない。

音乃の返事に、中岡の鼻はさらに伸びた。

「きょうのところはこれまでとしておこう。やることがあるでな」

音乃は、大きくうなずきを見せた。

料亭花びしを出てから、中岡の足は福富屋へと向かった。

主の富衛門を呼び出し、中岡が言う。

「寅吉を解き放し、この事件はなかったことにする」

「なんですって？」

「ああ、思えばつまらんことに乗せられた」

「そんなご無体《むたい》な」

「俺の言うことを聞けんのか？」

言って中岡は、懐にしまう十手を見せつけた。

「ならば、お前のほうをしょっぴくぞ。狂言を演じたとの廉《かど》でな」

「それでは、中岡様は？」

「おれは、関わりあらん。そうだ、二十五両は口止め料としてもらっておく」

言うと中岡は、何事もなかったように福富屋をあとにした。

「……おとのか。それにしてもいい女だ」

にんまりとしながら、中岡が呟く。

「おとのは、俺と富衛門の話を聞いていたのか。まあ、いいやそんなことはどっちでも……。そうだ、寅吉を解き放さんといかんな」

独りごちながら中岡は、火盗改の役宅へと戻っていった。

六

一方丈一郎は、音乃と別れたあと山善屋の主と会って、寅吉のことを訊ねた。やはり、寅吉の女房およねが言うとおり、山善屋は拾う神であった。

丈一郎は、寅吉のことから頭を切り替え、十川屋事件の探索を進めることにした。商人の隠居風といった、丈一郎の形《なり》である。隠密同心同様、いろいろな身形に変装できなくてはならない。

普段は無骨な侍であるが、着るものを変えるとそれなりに、大店の主のような雰囲気が出るから不思議だ。

町方役人の身形ではないので、気を遣いながらも十二年前に起きた事件のことを尋ねて歩いた。

夕刻が迫るまで、日本橋本石町界隈の適当な店を選び、七軒ほど訪れていた。

「――十二年も前のことですが、身内が押し込みに遭って殺されましてねえ……」

客を装い尋ねるも、丈一郎には不思議に思えることがあった。

「ああ、たしか十川屋さんの事件……」

そこまでは、大抵の者は覚えている。

「覚えておられますか？」

「そんなことがあったと、読売を読んで知った。酷い事件もあったものだ」

「読売でですか？」

さもなくば、噂話としてである。たった五町しか離れていないのに、事件を詳しく知る者はいない。丈一郎が、首を傾げたのはそこであった。

――火盗改は、近所の聞き込みをしなかったのか？

あれだけの大事件である。向こう八町に大捜索網を張るはずである。あのとき現場の近くにいて、岡っ引きの源三とともに駆けつけたが『――町方は手出しに及ばぬ。帰れ』と追い払われた。それ以来、丈一郎は現場に近づくこともなかった。

やがて、大工職人の松吉が捕らわれ、獄死して事件は解決したとされている。

「……なんとも杜撰《ずさん》な」

事件の根幹は知れず仕舞いであったが、火盗改の杜撰な捜索を改めて知れただけでも収穫であった。

日がだいぶ西に傾いている。

音乃がどうなったかと気になるも、落ち合う場所は決めていなかった。銘々に戻ろうということになっている。

目抜き通りを南に向けて歩き、日本橋川を渡るとそこは日本橋通南町。商店が両側に建ち並ぶところで、夕方になっても人の賑わいは残っている。

平河町に行く辻に差しかかり、丈一郎は左に折れようとしたところであった。

「ご隠居さんではありやせんか？」

呼び止められて振り向くと、御用聞きが二人、にっこりと笑って立っている。

「おや、長八《ちょうはち》と熊吉《くまきち》……」

倅真之介の下で働いていた、岡っ引きとその手下であった。

「やっぱり、巽のご隠居だ。どうしやしたんです、その形《なり》は？　旦那らしくねえ、商家の主って感じですぜ」

背の高い長八が、見下ろし加減で話しかける。

「わけがあってな……」

長八たちに立場を話そうかどうかを迷った。だが、二人は真之介の配下ではもうない。誰か、別の町方同心についているものと思われる。話がそっちに流れてはまずいと、ここは押さえることにした。

「わけってのはなんです？」

「ちょっと人から頼まれて、いなくなった猫を探してるんだ。暇で、しょうがあらんからそんな手伝いをしている。まさか、刀を二本差した武士が、そんなみっとないことをできんだろ。だから、こんな形《なり》で……」

人は、嘘を語るときほど饒舌になるという。今の丈一郎は、まさにその典型であった。

「そりゃ、ご苦労なこって」

「ところで、今は誰の下にいる？」

「定町廻りの、吉田《よしだ》の旦那でさあ。ここだけの話しにしておいてもらいてえんですが、真之介さんとはえれえ違いで、やりづらいったらありゃしやせん。同じ町方同心でも月と鼈《すっぽん》、提灯に釣鐘ってのはこのことをいうんでしょうかね」

「そこまで言うことはないぞ」

丈一郎が、長八の愚痴を強い語調でたしなめた。

「申しわけありやせん」

長八が詫びを言う。曲がり辻での立ち話であった。

「それでは、しっかりと励めよ」

「ご隠居さんも、お達者……」

右と左に、別れようとしたところであった。

息急《いきせき》切って、近寄る者があった。

「おっ、親分さん……」

商人らしき男が血相を変え、長八たちを目がけて近寄ってきた。

「どうしたい？　ずいぶんと慌てているようだが」

「すっ、すっ……」

相当慌てるか、言葉がのどに引っかかって口にできない。

紬《つむぎ》を着こなし身形《みなり》がよいところは、一見して大店の主に見える。五十歳をいくらか前にした、恰幅のよい男であった。落ち着けば、かなりの貫禄があるように見て取れる。どっしりとした体軀に、額に刻まれた数本の皺と鰓《えら》の張った四角顔。そして、何よりも耳の大きさが際立っている。顎に大きな黒子《ほくろ》がついている。人相学でみれば福相だが、苦難をかいくぐってきた苦労人の顔でもある。

ずっと以前、どこかで見たような顔であったが、丈一郎は思い出せないでいた。

そんな男が、かなり慌てふためいている。

何があったかと、丈一郎はその成りゆきを見やることにした。影同心としての、勘が働く。

「すっ、だけじゃ分からねえ。落ち着いたらどうです」

「すっ、すり」

長八が諭《さと》し、ようやく商人の口から言葉らしきものが漏れた。

「掏摸《すり》って、言いやしたかい？」

熊吉の問いに、まだ言葉が発せられず男は大きくうなずいて見せた。

特命を帯びた影同心であるも、目の前で起きた事件は追わねばならない。長八は、丈一郎がそばにいても何も言わない。現役のときの凄腕を知っているからだ。

いつ、どこで、いくら掏られたかと問うても要領を得ない。商人の目は、虚ろであった。その様子からして、かなりの大金か大事なものが盗られたものと想像がつく。

「そんなんじゃ、巾着切《きんちゃっきり》を探そうにもできませんぜ。落ち着きなせえ」

「すいません。取り乱して……」

長八の叱責が功をそうしたか、虚ろであった商人の目がまともに向いた。慌てていたときは気づかなかったが、まともになった商人の目の奥に、鋭く光るものが見て取れる。

——ん？

丈一郎はそれを、商人とは別の、修羅場を潜り抜けてきた男が発する特有の雰囲気と取った。

「謝るのはいいですから、どこで何があったか詳しく聞かせてくれやせんか」

訊ねるのは、長八である。

「はい。ここから一町ほど行った通南町三丁目の辻あたりで……」

商人の顔は、南に向いている。目抜き通りをそのまま南に真っ直ぐ行けば、東海道に通じる道である。江戸でも有数の商業地で、人の行き交いで賑わう真っ只中である。そのため巾着切の出没も多く、奉行所では高札《こうさつ》で世間に注意を促していた。

「おや？　巳吉《みのきち》がいない」

「巳吉ってのは？」

「供として連れている小僧です。いったいどこに行ったのだ？」

商人があたりを見回すも、それらしき小僧の姿はない。

「まことにしょうがない奴だ」

「お供の小僧を詰《なじ》っても、仕方あらんでしょ。それよりも、掏った相手に覚えはねえですかい？」

「二十歳くらい……」

　長八の問いに、商人の顔が熊吉に向いた。

「そうだ、この方と同じくらいの齢《とし》の者が、ぶつかってきたのは覚えてるのですが……」

　熊吉を指差して、商人が言う。

　若干二十歳の下っ引きにも、物言いがへりくだる。言葉が丁寧なほど、大店の主人に思えてくる。

　実るほど頭《こうべ》を垂れる稲穂の格言を思い浮かべるも、丈一郎は目の前にいる男の顔を思い出せない。

「面相までは、はっきりしません」

「何を盗られましたい？」

「三百両を振出す為替《かわせ》手形が入った財布で、あとは三両ほどの現金が……銭はどうでもいいのですが、その手形がないと金に替えられず、明日の支払いが滞《とどこお》ります。巾着切がそんなものを盗んだところで紙屑と同じですが、こちらにはそれだけの価値が……」

「ところで、どちらのご主人さんで？」

熊吉が問うた。

「申し遅れました。手前、今川橋《いまがわばし》西近くの永富《ながとみ》町で米問屋を商う『千州屋《せんしゅうや》』の主で千恵蔵《ちえぞう》といいます」

米問屋でも、かなりの大店だ。店を出して十年ばかりであるが、そんな短い間に財を築いたと聞いている。

丈一郎も知るほどの店であった。

「千州屋の旦那さんでしたか」

ここで丈一郎が、初めて口を出した。

「どちらさんで？」

部外者らしい男が側に立ち、ずっと話を聞いている。訝《いぶか》しがる千恵蔵の顔が丈一郎に向いた。

「このお方はよろしいんで。以前は凄腕の町方同心だったお方ですから。頼りになるかと思って、ここにいてもらってるんで」

長八が、事情《わけ》を語った。そのとき、千恵蔵の表情が瞬間、微《かす》かに変わったのを丈一郎は見逃さない。すぐに笑顔に変えた千恵蔵に、丈一郎はそれを自分に向けた頼りがいと取った。

「そうだったのですか。よろしく、お頼みします」

丈一郎に向けても、丁寧に頭を下げる。

「手前どもをご存じで？」

「江戸中を見廻ってましたから、大店の屋号はほとんど覚えてます。ずいぶんと、景気がよろしいようですねえ」

丈一郎と千恵蔵の会話となった。

「とんでもない。外目ではよく見えるでしょうが、内情は四苦八苦です。為替を盗まれ、手前がこれほどうろたえたことは今まで一度もありません。たった三百両ですが、あれがないと店が潰れてしまうかもしれないほど大事なものなのです」

「たった三百両というほどですから、簡単に用立てができるのでは？」

「いや、そういう問題ではなく、為替が盗まれたということが、振り出した相手に知れただけでも信用ががた落ちとなり、商人として失格の烙印《らくいん》が捺《お》される。そうなると、あっという間に店は潰れてしまう。それが商いってものなのです」

千恵蔵が、商人としての心構えを説いた。

「そいつは大変だ」

長八が口にする。

しかし、巾着切はとっくにどこかに行ってしまっているだろう。掏摸を捕まえるのなら、その場でないと難しい。大抵は仲間がいて役目を分担し、獲物がそっちに渡ってしまうと、証しが立てられなくなる。

「掏った奴の人相が分からなくちゃ、捜しようもありませんね。気の毒だけど……」

と、長八が言ったところであった。

「千州屋のご主人……」

熊吉が、千恵蔵に声をかけた。顔は遠くを向いている。

「あれは、ご主人ところの小僧さんでは？」

丸に千の字の商標が抜かれた前垂《まえだれ》をした、十八くらいの若者が駆け足で向かってくる。

「おお、あれが連れの巳吉です」

主を目がけて、一目散に駆け寄った。

「だっ、旦那さま……」

「何があった巳吉？　落ち着いて、話せ」

主が小僧を詰《なじ》る。

「きっ、巾着切が……」

「巾着切がどうしたって？」

問うたのは、長八であった。

「二町ほど行ったところの茶屋で……」

巳吉が、北の方向を指差して言った。

「早くしないと、どこかに行ってしまいます」

言うが早いか、巳吉が駆け出した。それと同時に、熊吉も走り出す。

「熊吉、相手に悟られるんじゃねえぞ」

長八が注意を促す。

「分かってやすぜ」

巳吉が勝手に騒いで、巾着切に感づかれたら為替手形は取り返せなくなる。熊吉は、咄嗟に巳吉のあとを追った。

長八が動き出し、丈一郎と千恵蔵はそのあとについた。

七

千州屋の小僧巳吉が、掏摸の手口を見ていた。

千恵蔵の懐から財布を抜いて逃げる巾着切を、主に告げることなく追いかけていったのだ。

気転の利く小僧であった。

「旦那さまに断る暇がないほど、一瞬のことでしたので……」

茶屋の前で追いついた長八に、巳吉が言った。

「まだ、中にいるかい？」

駆けてきた長八の声は、上ずっている。言葉をのどにつっかえさせながら、熊吉に問うた。

「へえ、巾着切とその相棒と思われる女が、仲良く茶を飲んでやすぜ」

茶屋の窓から中をのぞくと、若い男女が向かい合って湯呑をもつ姿があった。

「あいつに間違《ちげ》えねえですか？」

長八が、千恵蔵に問うた。

「手前にぶつかってきたのは、あの男に違いない」

「よし、踏み込むぜ」

仲良く茶を飲む男と娘の脇に、長八と熊吉が立った。何事があったかと、ほかの客たちが怪訝そうに見ている。

「御用の筋だ。訊きてえことがあるんで、ちょっと来てくれ」

騒ぎを大きくさせないために、長八は巾着切に向けて小声で言った。

男女の顔が、蒼白になっているのが分かる。隙あらば逃げようとしても、左右に長八と熊吉が立ち塞がっている。

「分かりやした」

観念したか、男女が一緒に立ち上がる。

女のほうはまだ十八、九に見える娘であった。懐からおとなしく財布を取り出して長八に渡した。

「この財布でいいんですかね？」

「ああ、間違いない」

無事に財布は戻り、千恵蔵の懐へと収まった。

「千州屋の旦那さんと小僧さんも、一緒に来てくれやせんか。盗まれたときの詳しい話を聞きてえんで」

長八が、千恵蔵に向けて言った。

「いや、為替さえ戻ればいい。わしらは急ぐので、あとは親分さんたちに任せた。それでは巳吉行くぞ」

ちょっと待ってくれという長八の言葉も聞かず、千州屋の主たちはそそくさとその場を去っていった。

「おまえら、名はなんという？」

長八が問うた。若者のほうは、ふてくされた態度でそっぽを向く。

口を開いたのは、娘のほうであった。

「兄さんは矢吉《やきち》で、あたしは糸《いと》」

「おまえら兄妹なのか？」

「はい」

「お糸、余計なことは……」

「てめえこそ、余計なことは言うんじゃねえ。訊いたことだけに、答えやがれ。まあいい、詳しくは番屋で聞く」

掏摸は、その場での犯行を捕まえるのが原則だ。だが、財布の中の額が大きかった。掏ったのが分かっていて見逃すわけにはいかないと、巾着切の兄妹は、長八と熊吉の手により引き立てられる。

丈一郎には気になることがあった。娘の言った名が、引っかかっている。

「はい……」

通南町から少し入った平松町の番屋に、丈一郎もついていくことにした。

暮《くれ》六ツを報せる鐘が鳴りはじめるころ、丈一郎は、川口町のわが家へと戻ってきた。

とっくに、音乃は戻っている。

律と音乃が戸口でもって、並んで丈一郎を出迎えた。

「今日は、ずいぶんと遅くまで……」

「ああ、日本橋で掏摸と遭遇した」

「あら、何か盗られまして？」

律が、案ずる口調で言った。

「わしが盗られたのではない。盗まれたのは、千州屋という大店の旦那だ。捕まえたのは、長八と熊吉だ」

「親分たちとお会いになったので？」

音乃の問いであった。毎日のように訪れていた男たちであるが、真之介が亡くなり、その顔を見ることもなくなった。

「帰る途中、偶然にな」

どこか口調が変である。不機嫌そうなのは、仕事の疲れだけではなさそうである。

憮然とした面持ちで、式台に足をかけ板間に上がった。腰から大刀と脇差を抜いて、律に手渡す。巽家のいつもの仕来《しきた》りであったが、どこか普段と雰囲気が違う。

義理の両親の部屋には、音乃は入れない。自分の部屋に戻るのではなく、音乃は裏口から外へと出た。

風呂の竈《かまど》の火が消えかかっている。音乃は焚口から薪をくべ、温《ぬる》くなった風呂を温め直した。

やがて、丈一郎の湯船に浸かる音が聞こえた。

「いかがですか、湯加減は？」

外から音乃が声をかけた。

「ああ、いい湯だ。音乃が沸かしてくれたのか？」

風呂の中と外とのやり取りであった。

「いいえ、お義母《かあ》さまです。わたくしは、追い焚きをするだけ」

「そうか」

と言ったまま、丈一郎の口は止まった。

その受け答にも、丈一郎の憂いが読み取れる。昼間の話をしようかと思ったが、この場ではとどまった。丈一郎の様子が、いつもと違ったからだ。

——何があったのかしら？

音乃は首を傾げながら、吹き筒を口にあてた。

風呂から上がり、丈一郎は夕餉の膳を前にしても無口であった。普段なら、黙って二膳は食すのだが、一膳で終わっている。飯を咀嚼《そしゃく》する間も、何かを考えている様子だ。

「あなた、どうかなされました？」

丈一郎の様子に、問うたのは妻の律であった。音乃もそれを問いたかったが、義母より先に差し出がましいことはできない。

「いや、なんでもない。めしが済んだら、寝るぞ」

普段の半分も食すことなく、丈一郎の夕餉は終わった。

本来なら、音乃のほうの首尾を訊ねるところである。それがないのも、音乃にとっては怪訝に思えた。

音乃は、丈一郎に話をしようかどうか迷った。ただ、疲れている様子の丈一郎を、引き止めるのも忍びない。話は明日にしようと、腰を浮かしかけたところで、丈一郎の声がかかった。

「律も音乃も、話を聞いてくれ」

「あなた、お休みになるのでは？」

「いや、まだよい。それよりも、わしは北町の同心であった。こんなことぐらいで気を落としていては、笑われる」

「いったい何がおありでしたの？」

律の問いに、丈一郎は掏摸との遭遇を最初から話した。経緯を語り、長八たちに付き合った番屋でのこととなった。

「男女の掏摸は、二十歳と十九歳の兄妹でな。その名を聞いて、心当たりがあった。矢吉とお糸という名でな、十二年前に十川屋の事件で下手人として疑われ、獄中で死んだ大工職人松吉の倅と娘だったのだ」

「なんですって？」

驚きの声を上げたのは、音乃であった。松吉の子であるのもさることながら、音乃にも聞いた名に覚えがあったからだ。

「どうした、音乃。その驚きようは？」

「お義父さま、もう一度その兄妹の名を……」

「矢吉とお糸だ」

「……まさか」

言ったきり、音乃は黙り込む。

「その名を知っておるのか？」

丈一郎の問いには答えず、音乃は下を向いて考え込んだ。


やがて、音乃の顔が上を向く。

「同じ名に、心当たりがあります。あれは、十四年前……」

丈一郎と律に向けて、初めて語ることである。

「そんなにも、前のことか？」

「はい。わたしがまだ、八つのころでした。たしか、矢吉が六つでお糸ちゃんが一つ下。それから、十四年でしたら今はその齢……」

「何があった？」

「場所はどこか忘れましたが、合気道か何かの稽古の帰り……」

思い出しながら語るので、口調は滑らかでない。

「路地裏で武家の馬鹿倅たちに囲まれ、虐《いじ》められているのを見まして、いてもたってても堪らず……」

このあたりから、音乃の言葉は流暢《りゅうちょう》になる。

「その馬鹿倅たちの頭《かしら》は、あの勘定奉行の倅で……」

「板谷弥一郎か？」

丈一郎も、その名を知っている。音乃に言い寄っていた男であることも聞いていた。

「わたくしは、その弥一郎の下腹に思い切り正拳を当て、地面にうずくまったところで二人を連れて逃げ出しました」

「武勇伝であったな。そうか、そのときの兄妹が矢吉とお糸ってことか」

「もし、あのときと同じ兄妹であれば」

「奇遇なものだ」

「なんで、巾着切なんかになったのでしょ？」

「あとは与力の吟味になるからな、細かいことまでは分からん。名を言っただけで、あとはずっと黙ったままであった。そのうち、定町廻りの吉田が来たのでな、わしはやつに気づかれないよう番屋から出てきた」

「あの路地裏でのこと、矢吉はこんなことを言ってました。『――おいらもねえちゃんみてえに強くなりてえ』って。それが、悪の道に足を踏み入れるなんて」

「一つだけ言えることは、父親の獄死と、追うようにして逝《い》った母親の死がきっかけで、そっちの道に向かわせたのは確かであろう」

松吉には二人の子供がいた。当時は八歳と七歳の兄と妹であった。丈一郎は、二人の名を思わぬ経緯で思い出した。父親が死んで、その衝撃からか母親は病に倒れ、間もなくこの世を去った。

孤児となった兄妹は、親類に引き取られたという。兄妹のその後を知っている者は誰もいない。

「ところでお義父さま、矢吉とお糸ちゃんはこれからどうなるのでしょう？」

「大番屋に送られ、吟味となるだろうな。死罪までにはなるまいが、おそらく遠島はまぬがれんだろう。いや、初犯というからもっと軽く済むかもしれん。まてよ、盗んだ中身がでかいし……なんとも分からん」

「二人に会ってみたいのですが、できるでしょうか？」

「今夜は番屋泊まりであろうが、明日は大番屋に送られるはずだ。そっちに移されたら、難しくなる」

なんとか手を打てないものかと、音乃は一膝乗り出し丈一郎に詰め寄った。

「わしも、二人には訊きたいことがある。それと、音乃のことを覚えていたら、何か話してくれるかもしれんな」

「与力の梶村様を頼ったらいかがでしょうか？」

「手っ取り早く動くには、それしか手があるまい」

明日は、朝早くから動こうということになった。

丈一郎の、疲れと眠気はどこかにいってしまったようだ。

「あなた、そろそろお休みになられたら……」

律が言うも、丈一郎の気が高ぶっている。

「いや、それどころではない。こんな切迫した話だというのに寝てなんておられん。それより、音乃の話を聞いてなかったな」

「はい。真っ先にお伝えすることは、寅吉さんは助かったたってことです」

「そうか、やはりな」

思っていたとおりだと、丈一郎はうなずいて返した。ただし、そうなった経緯はまったく異なるところにあった。

「お休みにならなくて、よろしいでしょうか？」

話が長くなると、音乃は気を遣った。

「ああ、平気だ。いいから話を聞かせてくれないか」

「あれから中岡は……」

色香を駆使したところは押さえ気味にし、音乃は語った。

福富屋の狂言の件《くだり》では、さすがの丈一郎も呆れた顔となった。

「うっかりしたら、寅吉どころか山善屋もなくなっていたのだなあ。わしはてっきり……」

「とんでもありません、中岡みたいな卑劣な男は火盗改にもそうはおりませんでしょ。でも、そんな男だからこそうまくすれば……」

「使いようはあるか。さすが、音乃だ」

「中岡の弱点をつかんだだけです」

うふふと、音乃の口から笑いがこぼれた。

「今日のところは、十川屋さんの事件には触れられませんでしたけど、これからはいつでも聞き込みができましょう」

「ようやく、一歩踏み込めたって感じだな。しかし、これからが肝心だ。心してかからんとな」

「かしこまりました、お義父さま」

「何にせよ、寅吉が助かったのはほっとした。眠たくなったので、このへんでお開きとするか」

安堵したか、丈一郎が欠伸《あくび》を堪えながら言った。

第三章　弱点を握れ

一

一番組与力の朝は早い。

奉行所に赴《おもむ》き、朝五ツには登城してしまう奉行と、その前に打ち合わせをせねばならないからだ。

この日の朝稽古は休みにして、明六ツと同時に丈一郎が一人で、与力梶村の役宅へと向かった。

そして、半刻ほどして戻ってきた。

急いで戻ったか、顔が上気して赤い。吐き出す息も荒くなっている。

「音乃にいっときも早く報せようと思ってな。話をしたら、梶村様は驚いておった。

大番屋ではなく、平松町《ひらまつ》の番屋にそのまま留め置くよう手配するとな」

黙っていたら、朝には茅場《かやば》町の大番屋に連れていかれる。そうなると、兄妹との話もできなくなる。

「番屋には、十手を持参して行ってこいとのことだ」

朝餉を済ませると、音乃は武家娘、丈一郎は隠居浪人と身形を整え家を出る。この日の丈一郎は、腰に刀を二本帯びている。十手は、懐奥へと隠しもつ。向かう先は、矢吉とお糸がいる平松町の番屋であった。

八丁堀をつっ切り、番屋には四半刻も経たずに着いた。

「おや、旦那はきのう……」

最近になって雇われた番人であった。なので、町方であったときの丈一郎を知らない。それが、丈一郎の形《なり》を見て驚いた顔をしている。きのうとは違い、腰に刀を差している。そして、それ以上に目を瞠《みは》ったのは、隣にいる音乃を目にしたからだ。

「きのう捕らえられてきた掏摸の兄妹と、話をしたいのだが……」

「そいつはできませんねえ。あの二人は、これから茅場町の大番屋に連れていかなくてはなりませんで」

「与力様との話はついている。大番屋送りは明日になるとの話だ」

なるべくなら十手は翳《かざ》したくないと、丈一郎は口で説得をする。

「本当ですかい？」

何かあったら責を負わされると、番人が警戒をする。

「ですがやっぱり、罪人との引き合わせは適《かな》いませんや。悪《あ》しからず……」

と、番人が言ったところで丈一郎は懐に手を入れた。

ちらりと銀流しの十手を見せる。

「おや？　まさか……」

「とっつぁんには、黙っていてもらいたいのだが……」

丈一郎の言葉に、音乃もうなずく。

「これで道理が分かるだろう？」

「へっ、へえ。隠密同心……」

「口には出さないで、もらいたい」

初めて影同心の十手が役に立った。

番屋の奥に、留め置きの牢がある。

男女が二人、壁に背中をもたれて座っている。番人に鍵を開けさせ、丈一郎と音乃は牢の中へと入った。

「すまぬが、向こうに行っててくれんか。もしも定町廻りが来たら、報せてくれ」

定町廻り同心にも内密の捜索であった。

出入口を閉め、番人がその場を立ち去る。

牢の中を、番人が用意してくれた百目蠟燭《ひゃくめろうそく》が二人の表情を照らす。丈一郎と音乃を、兄妹が敵対心をあらわにして睨みつけてくる。

「どうだ、今朝の気分は？」

「ご飯は食べたの？」

丈一郎は矢吉に、音乃はお糸にそれぞれ話しかけた。返事の代りに、兄妹はそっぽを向く。

二人とも、唇を嚙むその仕草に、音乃は十四年前の面影を見た。

――この子たちに、間違いない。

「矢吉さんに、お糸ちゃんていうのよね？」

音乃の、優しく話しかける声音にお糸の顔が向いた。顔立ちが整っている。真っ直ぐ育っていたら、気立てのよい娘になったであろう。器量も優れ、――この子たちを捻《ね》じ曲げた、悪党どもを許さない。

音乃の心に、新たなる誓いが宿った。

捕らえられた憎しみからか、矢吉のほうは丈一郎を睨んでいる。

十二年前、丈一郎は一度だけ矢吉の家に赴いたことがある。

「矢吉は、わしの顔を覚えているか？」

丈一郎が問うも、いやと言って、矢吉は首を振る。

「そうしたら、わたしのことは？」

二人の心を開くにはこれ以外にないと、音乃は百目蠟燭の明かりに自分の顔を照らした。十四年前の、たった一瞬の出来事である。はたして、この二人が覚えているかどうか。

二人同時に、首を振った。

「そうだよねえ。二人とも、まだ幼かったから。あたしも、幼かった」

何を言っているのだろうと、兄妹の眉間がよった。

「たしかあのとき矢吉さんは『――おいらも、ねえちゃんみてえに強くなりてえ』って、言ってなかった？」

「えっ？」

矢吉の口から、初めて声らしい声が聞こえた。

「あのときの……」

「そうだよ、あのとき路地裏で……」

「……思い出した」

呟くように言った矢吉は、音乃の意に反してそっぽを向いた。唇を嚙みしめ、一点を凝視している。怒りがこもる表情であった。

余計なことを言ったかと、音乃は後悔の念に駆られるも矢吉の心根までは推し量れない。

「お糸ちゃんは覚えてる？」

音乃の問いが、お糸に向いた。

「よく、覚えてます。たしか、音乃さんって言いました。でも……」

言ったきり、お糸が口を閉じ考える風となった。音乃はお糸の邪魔をせず、次の言葉を待った。

「小さいころお兄ちゃんは、いつも言ってました」

お糸の話に、矢吉は相変わらずそっぽを向いている。話を聞いているのかどうか、定かでない。

「あのおねえちゃんのように、おいらも勇気がほしいって。でも、それがこんな風になってしまって、今さら合わせる顔がないの。恥ずかしくて恥ずかしくて、逃げ出したい気持ちで一杯」

言ってお糸の肩がガクリと落ちた。うな垂れた膝元に、涙が一滴二滴と垂れる。矢吉の代弁は、お糸のそのままの気持ちでもあった。

「そうよ、恥ずかしいよねえ。こんなところで、再会するなんて……」

音乃がお糸に同調する。

「でもねえ、こうなったのも何かの巡り合わせ。だったら、よいほうに考えなくては。わたしの名まで覚えていたくらいだから、二人はとても利口だと思う。だから、立ち直れるよう自分たちの頭で考えることができるはず……と、わたしは信じてる」

だらだらと、四の五のいう説教ではない。きっぱり信じると言い切る音乃の一言に、矢吉の心は動かされたようだ。

ようやく矢吉の顔が向いた。

もう、ふてくされる態度ではない。

「ごめんよ」

小声であるが、矢吉の詫びであった。

「あんとき音乃さんに言ったことも忘れちまって、こんな悪の道に踏み込んじまった。お糸はちっとも悪くねえ。兄貴であることをいいことに、嫌がるお糸を無理矢理巾着切にさせちまった」

「自分で悪いことをしたと思っていたら、まだ救いようはあるぞ、矢吉」

口を出したのは、丈一郎であった。

「兄妹二人が、なぜに掏摸の道に入ったか、わしらは訊かん。それは、これからの吟味でもって正直にすべてを語るがよい。どんな沙汰が下されようとも、まともな道に戻りたいと思ったら、真っ正直になるしか手がないのだ。それが、できるか？」

丈一郎の説き伏せに、一拍の間ができた。矢吉とお糸が顔を合わせたからだ。

「できます。金輪際《こんりんざい》悪いことはしねえと、音乃さんに向けて約束します。なあ、お糸」

「はい。約束します」

牢の床に手をつき、矢吉とお糸は誓って見せた。

これまで好々爺《こうこうや》としていた丈一郎の面相が、にわかに変わる。

「ところでだ、矢吉……」

立場が影同心のものとなって、たちまち鋭い眼差しとなった。

「はい」

丈一郎の形相の変化に、矢吉の顔もきりりと締まる。姿勢を正して、話を聞く構えを取った。

「矢吉は、十二年前のことを覚えているか？」

「十二年前……？」

「そうだ。矢吉が十歳で、お糸が九つのときだが、おまえたちの父親である松吉が捕らえられていった日のことだ」

「ええ、忘れやしやせん。火盗改の役人が十人くれえ押しかけてきて、無理矢理連れてっちまった」

「そのときは、火盗改って知っていたか？」

「いえ、それはあとで知ったことです」

「さもあろうな。おれはあのとき町方同心でな、事件には関与できなかった。残念ながら、松吉は痛め吟味に耐えられず獄死してしまった。それが、おれの気持ちを今でも苛《さいな》んでいる」

丈一郎の話を、矢吉とお糸がうな垂れて聞いている。

「松吉は押し込みの下手人とされて、その濡れ衣は今でも晴れてはいない。だが、おれは無実と信じているし、口にもしている。実は、おれと音乃がその事件のことを探っているのは、真の下手人を挙げるためなのだ」

「なんですって？」

矢吉とお糸の驚く顔が、そろって丈一郎に向いた。音乃も黙って、話に聞き入る。

「しかし、いかんせん十二年前の話だ。松吉の無実を示す証しも、今となっては見つけるのが難しい。そんなときに、きのうおまえたちと巡り合った。これも、お父っつぁんとおっ母さんの、無念が通じたのかもしれない」

鬼同心と異名を取った丈一郎の、仏の一面を見るような面持ちで音乃は義父の横顔を見やった。

「そこでだ、ほんの些細なことでも思い出してくれ。松吉が捕らえられた五日前の、九月十五日のことだ」

「五日前……？」

「そうだ、事件のあった日だ」

大人でさえ、大抵は忘れてしまうものだ。はたして年端のいかぬ子が、覚えているものなのか。それも、十二年前の話である。

二

無理とは知りつつ、丈一郎は問うた。

「おそらくおっ母さんは、松吉はその日はずっと家にいたと火盗改に訴えたであろう。だがな、身内の証言は取り上げてもらえないのだ。ほかに、無実を明かす証人はいないし、おまえたちだけが頼りってことだ」

言い含めるも、矢吉とお糸の口はあんぐりと、呆けたように開いたままだ。何か、思い出すきっかけはないかと、丈一郎は模索する。

「そうだ。事件のあった日は、昼から雨が降っていた。そうだったな、音乃？」

「はい、けっこうな降りでした」

「そんな日は大工職人なら、大抵仕事が休みとなる。その日は家に松吉がいたかどうか、二人は覚えているか？」

「いいえ、まったく……」

松吉は首を振る。

「いや、お兄ちゃん」

お糸が口に出した。

「あの日お父っつぁん、あたしらに竹とんぼを作ってくれたじゃない。あたし、思い出しました。お昼ごろ帰ってきて、それからどこにも行かずあたしらと夜まで遊んでくれたのを。お父っつぁんは手先が器用で、竹とんぼがよく飛んだのも覚えてます」

「そんなことがあったな。そういえば、その日雨が降って、仕事が半ちくになったって言ってた。おいらも、思い出したぞ」

「大きな普請があって、あのころのお父っつぁん、ずっと忙しかった。あたしらに、かまってる暇はなかったものだから、よけいに嬉しかった」

親子四人して、その夜は遅くまで起きていたという。

「それは、まことか？」

「真っ正直になれって、さっき言われました」

「そうであったな」

これで、松吉が現場にいなかった裏づけが取れた。

「矢吉にお糸、今さらと思うだろうが、これでお父っつぁんの濡れ衣は晴らせる」

子供の証言は、実際には証しにはならない。だが、丈一郎の胸の中では、はっきりと松吉の無実が実証されたという物言いであった。

丈一郎の断言に、兄妹の肩が細かく震えて涙ぐむ姿となった。

矢吉とお糸に、まだまだ訊きたいことがある。

「お糸ちゃんたちは、掏摸を働いてどのくらいになるの？」

音乃が問うも、お糸は黙っている。そして、重い口が開く。

「他人《ひと》さまのものを盗ったのは、きのうが初めて……」

「なんですって。初めてって、本当なの？」

「はい、誓って」

「きのうが、初仕事ってこと？　ならばどうして、それを先に言わなかったの」

「初めてだろうが百回目だろうが、おんなじことです。悪さには、変わりありません。

そんな修業をしてきただけでも、罰を受けなくては」

「初めての仕事を、しくじった」

お糸の話に、矢吉が乗せた。

「まあ、一度だろうが罪は罪だ。どんな沙汰が下ろうが、覚悟はしておきな」

「もちろんです」

丈一郎の言葉に、矢吉が大きくうなずいた。

「ところで、よろしいですか？」

矢吉のほうから、初めて問われる。

「きのう、あの旦那さんは……」

「千州屋の主か？」

「はい。こんなことを言ってませんでしたか？　たしか『――為替さえ戻ればいい』って」

「よく覚えていたな。それが、どうした？」

「財布の中に紙が入っていたので、開いて見ました」

盗んだ獲物である。それくらいのことはするだろうと、丈一郎と音乃はさして驚く風ではない。ただ、その次の矢吉の言葉で、顔を見合わすことになる。

「あれは、為替ではありませんでした」

「なんだと。矢吉は、為替ってどんなものか知っているのか？」

為替や手形などは商人以外、あまり口にしない言葉である。

「巾着切なら誰でも知ってます。財布や紙入れの中に入ってるのは、銭金だけではないですから。掏った獲物の中身がなんであるかは、修業の内で親方から教わります」

「そういえば、そんなことを聞いたことがあるな」

定町廻り同心であったならば、相手方である悪党の心構えを知っていなくてはならない。失念していたことを、丈一郎は思い出した。

「それでは、為替でなく何が入っていた？」

「あれは、借用証文です」

「借用証文だと？　金の貸し借りをするときの証文か」

「三百両借り受けますって書かれてましたから、間違いないと」

町人の子で、しかも掏摸の道に入った者が読み書きできるのは珍しい。

「矢吉さんは、誰から文字を習ったの？」

音乃の疑問であった。

「これからの掏摸は、頭がよくなくてはいけないと、うちの親方は読み書きも教えてくれました。お糸も、字が読めます」

「そう、いい親方ね」

掏摸の親方に、良者はいない。ただ、このときだけは、音乃も感心した心持ちで聞いた。そして、さらに問う。

「誰が、誰に貸したの？」

音乃が問うた。

「貸主のほうは千州屋って書かれてあり、借りたほうは誰だか……」

「井山《いやま》って書かれてなかった？」

矢吉は忘れていたが、お糸のほうが覚えていた。だが、姓だけで名のほうまでは覚えていない。

「武家が、千州屋に金を借りたってことか。だが、なぜに千州屋は為替などと嘘をついたのだ？」

「どうしても、取り返したかったものなのでしょうね。借主の名が、公《おおやけ》になるのがいやだったのかしら？」

音乃が口にする。

「それもあるだろうが、借用証文なんてのは、掏摸にとっちゃ価値のないものだ。そんなものを掏ったときは、どうする矢吉？」

「為替でしたら、裏の筋を通して金に変えることもできますが、借用証文は紙屑《かみくず》と同じです。相手に返すわけにもいかず、そんなものは捨てるか燃やしちゃいますね」

「となれば、公になることもない。名を知られたくなければ、放っておくのが一番なのだが、あれほどの慌てよう。三百両の為替といえば、岡っ引きも動くと思ったのだろうか」

と言いながら、丈一郎が首を振る。

「いや、こいつは何かあるな」

「何かとは……？」

「音乃が今しがた言ったように、借り方の名を誰にも見られたくはなかったのだろう。たとえ、掏摸であってもな」

「というと、それほど名の知れたお方ってことですか？」

「それも、考えられる。しかし、井山って姓なら大名家から囲碁の家元まで、数多くいるからな。もっとも、借り方の名を知られたからって千州屋の信用に多少の傷がつくものの、身代の屋台骨まで揺るがすほどのことはあるまい。だが、主はそれが戻らないと店が潰れるとまで言っておったからな」

しかし、もっとも、だが、と丈一郎の言葉が二転三転し、考えがまとまらない。

「あのう、よろしいでしょうか？」

丈一郎と音乃のやり取りに、お糸が口を挟んだ。

「何か思い出したことがあるの？」

お糸を相手にするのは、音乃である。

「ええ。その証文に書かれてあった、日付けですけど……」

「日付けって、お金の貸し借りをした日？」

「おそらく。たしかそこには、文化十年って書かれてあった気がします。細かい日にちまでは忘れましたが」

「それだけ覚えていれば、たいしたものよ。やはりお糸ちゃんは、頭がよかった」

音乃に褒められ、お糸の顔に笑みがこぼれた。初めて見せた、笑い顔であった。

「文化十年というと、十川屋の事件があった年であるな。そんな古いもの……」

「千州屋のご主人は、借り方の名と共にその日付けが誰かに知られるのが怖かったのでないかしら」

「それも、考えられる。いずれにしても、いい手がかりになるやもしれん。探ってみる価値はありそうだな。そうだ、矢吉にお糸。さっき真っ正直になれと言ったが、財布の中身は知らなかったことにしておいてくれ」

「わかりました」

兄妹のうなずく返事があった。

「矢吉さんと、お糸ちゃんのおかげ」

「いや、まだなんとも言えん。肩透かしかもしれんでな……」

事は慎重に当たろうと、丈一郎は言葉に含みをもたせた。

これ以上二人に訊くことはあるまいと、丈一郎と音乃が腰を浮かせかけたところであった。

「吉田の旦那が来ましたので……」

番人が、慌てた様子で駆け込んできた。

定町廻り同心と会うと面倒臭い。

「今、厠《かわや》に行ってますんで、その隙に……」

「わかった」

牢から出る間際に、音乃が話しかける。

「二人とも、体だけは気をつけて。罪を償ったら、必ずわたしのところに来てね。霊巌島は川口町の巽っていえば……」

「音乃、外に出るぞ」

丈一郎と音乃が、牢の外に出る。

「霊巌島は川口町……」

二人は呪文のように口にし、音乃の言葉を脳裏に叩き込んだ。

三

それから十日ほどは、何も進展なく過ぎた。

その間にもたらされたのは、矢吉とお糸の沙汰が決まったということだ。

北町奉行所の白州で言い渡されたのは、情状に初犯ということが考慮され、三年間の江戸払いであった。江戸四宿《ししゅく》を含め、ご府内から出ていなさいという軽い刑である。

ただし、掏摸も三度捕まったら死罪か、軽くても無期限の遠島を覚悟しなければならない。

三年で、真っ当な人間になって戻ってくるよう、音乃は祈る思いであった。

矢吉とお糸が江戸に戻るまでには、真の下手人を暴き出し無念を晴らしてあげたい。

――三年もあれば、なんとかなりそう。

「……とは思ったものの、そんなに時をかけてはいられない。遅くとも一月《ひと》以内でなんとかしなくては、影同心として失格」

音乃は自分に言い聞かせ、気持ちに鞭を打った。

回るところはほとんど回ったものの、これといった収穫はない。日が経つにつれ聞き込む場所も現場から離れていくと、むしろ事件すら知らぬ者ばかりとなっていた。

丈一郎のほうも、壁につき当たっている。

「今日は、神田《かんだ》界隈を歩いてきたが何も得るものはなかった。足腰だけは、だんだんと丈夫になるのを感じてはいるがな」

あははと笑い飛ばし、疲れている様子はなさそうだ。

丈一郎は湯船に浸かり、音乃は外で追い焚きをする。風呂場の壁を挟んでの会話であった。

「音乃とわしで、そんな簡単に事件を解決したら、町奉行所や火盗改なんていらんだろうよ」

軽口も出る。

「そうですわね」

矢吉とお糸の話から、手がかりと思えていた千州屋の借用証文のことも、商いをしている上ではいろいろなこともあるだろうと、いつしか二人の頭の中から消えつつあった。

「やはり糸口は、火盗改の中岡しかおりませんね」

火盗改の中岡と会ったとしても、今はまだ、聞き出す事由の種が少ない。それが揃ったところで、中岡を活用しようと音乃は考えていた。だが、捜索が頭打ちとなった今では、中岡から新たなきっかけをつかみたいところだ。

「また、虎の穴に入るというのか？」

「あの方は、虎ではありません。どちらかというと、お馬さん。乗りこなせれば、けっこうお役に立つものと……」

「音乃にかかっては、暴れ馬もずいぶんとおとなしくなるものだな」

「相手の弱点をつかんでおきさえすれば、どんな悍馬《かんば》でもけっこう言うことを聞いてくれます」

「それも、孫子の兵法の一説にあるな」

「お義父さまも、よくご存じで」

「わしの知ってるのは、ほんの触りだけだ。あとは、武田信玄《たけだしんげん》公の旗印である『風林火山』というのも知っておるぞ。疾《はや》きこと風の如くってやつだ……」

「……侵略すること火の如く」

音乃は、風呂の竈《かまど》に燃える炎を見つめ、ふと呟いた。そして、火吹き竹で一吹き煽ると、炎がさらに火力を増した。

「熱くなってきたな。のぼせそうだ、そろそろ上がるか」

「……やっぱり、ゆっくりなんかしてちゃ駄目」

丈一郎が湯船から上がる音を聞きながら、音乃は独りごちた。そして、明日一番で、駿河台《するがだい》にあるという、火盗改方の屋敷に赴こうと決めた。

中岡と会うのに、音乃は役人が出仕する朝を狙うことにした。

湯島聖堂《ゆしませいどう》までは、歩くと一刻近くはかかりそうだ。駿河台は、そこから神田川を挟んで南側の武家地である。

霊巌島は、四方が水路で囲まれている。舟運が発達しているところであった。新堀川から大川に出て遡《さかのぼ》り、柳橋から神田川に入る。筋違御門《すじかいごもん》から昌平橋《しょうへいばし》を潜《くぐ》り、二町ほどの土手の上に湯島聖堂がある。

「――そこだったら、舟で行けばいい。ああ、舟だ舟だ舟がいい」

やたらと舟を勧められた。

丈一郎の助言もあり、音乃は舟を雇うことにした。

歩いて一町も行ったところに『舟玄《ふなげん》』という船宿がある。

「猪牙舟《ちょきぶね》に、乗せていただけるかしら？」

亭主と思《おぼ》しき男に訊いた。

音乃は、初めての舟行である。それだけに、遊びにでも行くような、浮き浮きとした気持ちであった。

「もしや、巽さまのところの、音乃さんじゃありやせんか？」

船宿の亭主らしき男が、音乃のことを知っている。五十も過ぎたあたりの日焼けした顔に、笑みを含ませて言った。

音乃は亭主とは初対面だ。

「そうですけど……？」

音乃は、訝しげな表情で問うた。

「すぐに音乃さんだと分かりやしたぜ。それで、行き先はどちらまで？」

「湯島聖堂の近くと聞いたのですが……」

「それだったら、腕のいい船頭を行かせやしょう。おい、源三……」

「えっ……まさか？」

船宿の亭主が呼ぶ名に、音乃は驚く声を発した。

音乃の前に顔を現したのは、紛《まぎ》れもせぬ馴染みの源三であった。

「あら源三さん、舟を漕げるの？」

源三が船頭だったとは、丈一郎も言わなかったし、真之介からも聞いたことはない。

音乃が初めて知る、源三の一面であった。

「漕げるのとか、ですかってのは人を疑る言葉ですぜ。今までずっと黙ってやしたけど、あっしの生まれは佃島《つくだじま》でしてね、実家は漁師なんですぜ。あっしは、そこの三男坊で餓鬼のときから舟はダチってことでさあ」

「でも、今さらなんで船宿なんかに？」

「驚かせやろうと思いやしてね。巽の旦那と……おっと、これは人の前では言えねえことだ」

脇に船宿の亭主が立っている。どうやら源三が船頭になったのは、影同心と関わりがあるようだ。

「それじゃ源三、頼んだぜ」

気を利かしているようだ。

「かしこまりやした」

亭主が離れてから、源三が語る。

「実は、巽の旦那も承知のことでやして……」

「お義父さまも？」

「霊巌島《ここ》に住んだからには、舟は捜査に欠かすことができねえ乗りもんですぜ。先だって役目を聞いたとき、あっしが一肌脱《ひとはだ》げるのはこれだと思いやしてね。それを旦那に言ったところ、是非にも頼むと言っていただけやした」

以前、丈一郎が言っていた源三の得意とするのはこのことだったかと、音乃はここにきて得心できた。

「今の亭主も、旦那とあっしは昔からよく知る男でして。旦那が町方であったときもよくこの船宿は使わしてもらってやした。船頭が足りないときは、あっしがよく舟を漕いだものでさあ」

「そうだったのですか。初めて聞きました。どうりで、お義父さまが舟だ舟だって言ったのだわ」

源三が漕ぐ舟は、猪牙舟《ちょきぶね》である。舳先《へさき》が上を向く猪牙舟は、ほかの川舟よりも速く進むことができる。

音乃はこのとき考えていた。

源三をつけたのは、船頭もさることながら、護衛にもとの丈一郎の粋な計らいと取った。

「こんな陽気のいい日は、舟に限りやすぜ。それじゃ、行きやすかい。気をつけて、乗ってくだせえよ」

ギッチラと、源三の艫《とも》で櫓《ろ》を漕ぐ音を聞きながら、音乃は春うららの隅田川《すみだがわ》を遡《さかのぼ》っていった。

猪牙舟は速い。

半刻も経たず、神田川の昌平橋を潜り湯島聖堂の堤下にある桟橋に着いた。

中岡と会って、どれほど時がかかるか分からない。本来の船頭ならば、そこで引き揚げるのだが、源三の目的は船宿の主も承知している。

源三は舟を下りずに、音乃の戻りを待った。

「半刻ほど、ここで待ちやしょう。それで戻らなかったら引き揚げますんで、どこかの船頭を雇ってくだせえ」

南側の、急斜面の土手を音乃は上がって堤へと出た。

霊巌島とは景色が一変していた。舟の揺れで、陸《おか》に上がってもまだ足がふらつくようだ。

四

源三も、火盗改方の役所は知っていた。すでに、舟の上で道順は聞いてある。

武家地の閑静な道を、音乃は歩いた。

二つ目の辻を左に曲がり、一町ほど行くと正門が開いた屋敷があった。火付盗賊改方の役所であるが、旗本で先手組を兼ねる長官の役宅でもある。

表札はないが、たっつけ袴を穿いた門番が左右に二人立っている。そこが火盗改の屋敷だと音乃はすぐに分かったものの、一応は門番に訊く。

音乃のいでたちは、先だって中岡と会ったときと同じ、黒襟のついた黄八丈を着込み、髪は娘島田に結った町屋娘の様相であった。まだ中岡をすべて信じているわけではない。万が一、居直られたときは振袖よりも動きやすい。

「火盗改方のお役所って、こちら……？」

「そうだが、娘がなんの用事だ？」

町人娘と見て、門番も居丈高《いたけだか》だ。

「中岡様にお会いしたいのですが……」

すると、答える代わりに門番二人が顔を見合わせている。同心を訪ねてきただけというのに、変な仕草である。

「中岡様になんの用事だ？」

「用件でしたら、中岡様に直《じか》にお話しします。重要なお報せですので……」

それにしても、門番の動作がのろい。

「急いでるのですが……」

「いや、その、中岡という同心はもうここにはおらん」

「なんですって？」

音乃の、驚愕の表情であった。

「五日ほど前に首になったと聞いているが、詳しいことは知らん」

門番が言ったそこに、

「どうかしたか？」

小袖の上に、三つ紋のついた黒の羽織を纏った同心らしき侍が近づいてきた。

「中岡様に重要な報せがあると言って、娘が訪ねてきたのですが……」

「町屋の娘か。それで、中岡になんの用かな？」

「それが、事件の……」

「おまえには、聞いておらん。娘に問うておるのだ、黙って門の番をしてろ」

「はっ」

叱りつけられた門番は、六尺の寄棒《よりぼう》を垂直に立て直立不動となった。

「娘、こちらに来られよ」

屋敷の中へと誘われる。

音乃は警戒をして、中に入るのにためらいを見せた。

「いかがした?」

「はい。中岡様にお会いしたかったのですが……」

門番から、中岡は罷免《ひめん》されたと聞いている。それを黙して、役人に言う。

「あんな醜男《ぶおとこ》のくせして、……」

好色の目を宿し、音乃の顔をまじまじと見ながら言う。

中岡が馬面なら、こちらは四角い顔で、小鼻が膨らんだ牛面である。他人《ひと》のことは言えないだろうと、音乃は教えてやりたい気持ちになった。

「中岡は首になって、ここにはおらん」

「どうしてですか?」

「よからぬことを働いたのでな。ところで娘、さっき門番が事件のことでとか言っておったが、どういうことだ? 俺に話してくれんか」

「いえ、中岡様でないと……」

一度は拒む。

「もう、ここにはおらんと言ってるだろ。事件のことなら俺が聞く」

火盗改の威力を口にする。

初対面の役人に十川屋の事件を切り出してよいものかどうか音乃は迷った。だが、中岡が火盗改を首になったからには、誰かに乗り換えなくてはならない。

「……馬から牛でもいいか」

むろん、相手には聞こえないほどの呟きだ。

「分かりました。どこで話しますか？」

「そうだな。だったら娘、付き合え」

「どちらにですか？」

音乃が警戒そうな目を向ける。

「心配することはない。俺は、火盗改の同心だぞ」

「そうでした」

ごめんなさいと謝り、音乃は極力十七、八の娘の仕草をした。四歳も鯖《さば》を読むと、言動は難しい。だが、それで通るから音乃もつい嬉しくなる。にこりと笑う表情に、役人の顔が赤みを帯びた。

「これから柳橋《やなぎばし》のほうに、調べに行くところでな」

「柳橋だったら方向は同じ……」

歩きながらの会話であった。

「拙者は寺内《てらうち》と申すが、娘は?」

「はい、音乃と言います」

ここでも、本名を語った。

「自分の名に『お』をつけるのはおかしいぞ。そうか、娘なのに『との』というのか。親もややこしい名をつけたものだ」

寺内も、中岡と同じようなことを言った。


やがて神田川の堤に出ると、寺内は川面を見下ろした。急勾配の土手の下に、猪牙舟が止まっている。

「あそこに舟が停まってる。柳橋まで、あれに乗って行きません?」

音乃が媚びる口調で言った。

「そうだな。舟行きと洒落《しゃれ》込むか。柳橋までは、遠いしのう」

音乃の誘いに、寺内が乗った。

「おーい、船頭。舟は出せるか?」

寺内が、土手下にいる船頭に声を投げた。源三が見上げると、傍《かたわ》らに音乃がいるのが分かった。寺内に気づかれないよう、音乃が小さく手を振っている。

「へーい。どちらまで？」

「柳橋までだ」

「下りてきてくだせえ」

桟橋に下りた音乃は、源三に向けて小さく首を振る。知らぬ振りをしてと、合図を送った。

「……おや？」

源三は、寺内の顔を見て小さく首を捻った。どこかで会ったことがあるような気がしたからだ。寺内のほうは、源三を見てもなんら表情に変化はなかった。

水棹《みざお》を押して舟は動き出す。澪筋《みおすじ》の流れに乗ると、源三は櫓にもち変えて舵《かじ》を取った。手慣れたものだと、音乃は感心をする。

「こんないい陽気に娘と舟行きとは、おつなものであるな。ほれ、あそこの土手一面に躑躅《つつじ》が咲いておるぞ」

「まあ、きれい」

寺内に話を合わせ、躑躅に目を向けながら音乃が言った。

舟は大川の吐き出しに架かる、柳橋の手前で停まった。

「この上に、拙者の知っている茶屋がある。そこで話をしようではないか」

「はい、四半刻ほどならば……」

音乃は、源三に聞こえるように言った。待っていてくれとの含みであった。

連れていかれたのは、両国稲荷《りょうごくいなり》の脇にある水茶屋であった。個室もあって、二人が入ったのは四畳半の部屋であった。

「内密の話をするには、こういうところがもってこいだ。茶一杯で、長居もできるしな。怖がることは、ないぞ」

「はい。かえって話がしやすいです」

並の娘なら、男と二人で入るには気が引けそうなところだが、音乃はそんな素振りさえない。

「さっそくだが、中岡に話があるというのは、どんなことだ？」

「その前に、中岡様はよからぬことをしたと言ってましたよね。いったいどんなことをやらかしたのですか？」

音乃の口の利き方に、寺内は一瞬顔を歪めた。

「……顔に似合わず、言葉が乱暴だな」

寺内の呟きが、音乃の耳に入るも聞こえぬ振りをした。

「そうか。おとのは、さしずめ職人の娘だな。ならば聞かせてやっても、差しさわりあるまい」

勝手に職人の娘と思っていればそれでよい。

「ぜひ、聞かせて……」

町人娘の言葉で、音乃はせがんだ。

「中岡は、火盗改にあるまじきおこないをしていた。商人たちを脅したりすかしたりして、袖の下を取っていたのだ。町方の役人じゃあるまいし、甚《はなは》だ遺憾である」

中岡よりは、かなり実直そうな男である。だが、あとの言葉がいただけないと、音乃は口をへの字に曲げた。

「何か、気に障《さわ》ることでも言ったか？」

「いいえ」

「火盗は無骨で鳴り、調べは非情なものがあるかもしれん。だが、それもこれもみな、世の中から悪を締め出そうとしてのことだ」

そこまでは、音乃も共感ができる。

「袖の下を広げて賂《まいない》を欲しがるなんてことは、町方のすることだ。だから町方は駄目だってのだ。もっとも、町奉行所がだらしないので、火付盗賊改方ってのができたのだがな」

南北の町奉行所だけでは、江戸の治安を守るのに精一杯で凶悪犯罪の捜索にまで手が回らない。そのため、百五十年ほど前の寛文《かんぶん》五年に、火付盗賊改方が設置された。

寺内の言う、町奉行所がだらしないからという理由ではない。

火盗改の言い方も辛辣《しんらつ》である。町方は町方で、火盗改を貶《けな》す。お互いに言い分はあるのだと、音乃は今更にして感じていた。

「先だって、こんなことがあっての。商人の狂言《きょうげん》を、金をもらって見逃していた」

さすが細かくは語らないものの、その言葉で中岡の罷免は福富屋の一件が露見したものと音乃は踏んだ。

――そうだとしたら、中岡は自分でしゃべったのかしら？

中岡が話さなければ、福富屋の主が明かしたことになる。火付けの狂言が露見したら、福富屋も百叩きくらいでは済まないはずだ。中岡だって罷免どころではない。もっと厳しい沙汰がくだっているだろう。だが、寺内の話すことは、福富屋の一件に関わるものと聞こえる。

「何を考えている？」

「中岡様は、これからどうなりますの？」

「ほう。中岡のことを案じておったか。こんなきれいな娘御に心配されるなんて、中岡も冥利《みょうり》なものだな」

違った解釈は、音乃にとって都合がよかった。どう取ってもらおうがけっこうと、音乃は黙っていた。

「もう、あの齢《とし》じゃ仕官も叶わんだろうから、浪人になる以外ほかに道はなかろう」

「どちらにお住いなんでしょ？」

「まだ独り者でな、役宅に住み込んでおったが、罷免と同時に出ていった。どこに行ったかは、まったく知らん」

あまり深く聞き入っても、不審を抱くだけだ。中岡については、ここまでであった。

「今度は、音乃が語る番だぞ」

馬から牛に乗り換えるために、柳橋までついて来たのだ。だが、どうやって切り出そうかと、音乃は考えていた。

寺内は、中岡と同じほどの齢に見える。乗り換える前に、知っておきたいことがある。

十二年前の事件に、火盗改の役人としてどれほど関わっているかを知りたかった。そこを、いかに切り出すかが、音乃の思案であった。そのためには、寺内の弱みを握らなくてはならない。中岡ほどは、弱点がなさそうだ。

すると、寺内のほうから声がかかった。

「音乃は、中岡に何を報せたかったのだ？　門番は重要な報せと言っておったが……」

「あっ、はい……」

門番に向けての出まかせである。中岡と会えると思い、そこまでは考えていなかった。ここで、十二年前の事件を言っても唐突過ぎる。しかし、なんでもないと言っては、それまでであろう。

寺内とつなぐ言葉を、音乃は模索した。

「日本橋本石町の赤札屋という古着屋さんのことで……」

やはり話はここしかないと、十川屋との関わりに触れることにした。となると、話を少し作らなくてはならない。

「赤札屋のご主人から聞いたのです。何か、十二年前に赤札屋さんが商う場所で大変な事件が起きたとか。それからというもの、そこにお店を構えた四軒は次々と潰れ、そんな因縁のある場所であることを、ご主人は中岡様から聞いたとか」

「中岡は、そんなことを触れ回っていたのか？」

「そのようで。ですが、何を目的としているのかが分かりません」

「だったら、答えは簡単だ。さっきの話と同じことよ」

「さっきの話とは、商人の狂言につけ込んで、お金をもらっていたと……？」

「そうだ。あちこちの商家に取り入っては、なんだかんだと脅しにかけては袖の口を広げておったのだろう。卑怯な奴だ」

　吐き捨てるように言う。

「ならばなぜ、火盗改の非情さをご主人相手に辛辣に語ったのですか？」

「それは、火盗改の恐ろしさを身に滲《し》みさせるためだ。そうすれば、袖の袂もなおさら重くなるとな。それが叶わなくなったときは、六角棒の十手を向ける。一種の恐喝ってものだな」

「分かりました。ようやく得心しました」

　大きくうなずきながら、音乃が言った。

「おとのが中岡と会いたいというのは、赤札屋のことではあるまい？」

　寺内が、話のきっかけを作ってくれた。

「実は……」

一呼吸おいて、音乃は語り出す。寺内の顔を見据えて語り出す。

「あたしはまだ小さくて何も知らなかったのですが、最近になって十二年前の事件を知りました。そのとき捕らえられたのが、あたしの叔父さんで松吉っていう人……」

音乃は話しながら寺内の表情を読み取る。すると、四角い顔が歪んでいる。渋みをもった表情だ。音乃は思い切って、さらに一歩踏み込むことにした。

「なぜに叔父さんは捕らえられて獄中で死んだのか、中岡様に会えば詳しく話が聞けると思いまして……事件の重要な報せというのはごめんなさい、方便でした。ですから、中岡様でなくてもよかったのです。寺内様からでもお聞かせくださいませんか？」

「それを知って、おとのはどうするという？」

「今さらどうすることもできません。ただ、本当のことを知りたかっただけです。火盗改の旦那にお訊きするのが一番と思いまして」

「ならば、余計な詮索をしないほうが身のためだぞ。事件のことは外部には話さないのが決まりだ。おとのには気の毒だがすべては事実だと、おれに訊かれても、突っぱねるだけだ」

寺内の表情と話しぶりからして、明らかに、何かを隠しているのがうかがえる。だが、顔は得心する様相を見せた。

「分かりました。興が湧いて知りたくなりましたが、叔父さんのことはあきらめました。もう、やめておきます」

「ああ、そうしたほうがいいだろう」

今日のところ寺内とは、このあたりが精一杯と音乃が腰を浮かした。

「お忙しそうですから、このへんで……」

「なら、そろそろ行くとするか。おとのとなら、今度ゆっくりと話をしたいものだ。こんなものでも呑みながらな」

寺内は、酒を呷る仕草をした。

「あたしもぜひ。今度お会いしましたら、寺内様の武勇伝を聞きたいです」

火盗改の弱点は、好色なところだけかと、音乃はうんざりとする面持ちであったが、おくびにも出さずにいく分科《しな》を作って言った。

「ああ、いくらでも聞かせてやるとも。いつでも役所に来たらよい」

一緒に茶屋を出て、道を右と左に別れる。

「拙者はこっちだ」

寺内は、浅草御門のほうに向いて言った。

「それでは、あたしはこれで。またお会いできる日を、楽しみにしてます」

「拙者もだ。その日が近いといいのう」

音乃は、寺内のうしろ姿を見送り、そして歩き出した。

「……忘れものをした」

しばらく行ってから、寺内は立ち止まるとあと戻りをした。

「おや……？」

桟橋に下りた音乃を見つけ、大きく首を傾げた。

「あの船頭とは、知り合いなのか？」

動き出す猪牙舟を見ながら、寺内は独りごちた。

五

柳橋の桟橋に、源三が乗った猪牙舟が停まっている。

『舟玄』と抜かれた印半纏を背中にし、大川のほうに顔を向けて、煙草を燻《くゆ》らせているのが見えた。

「お待たせしました」

音乃が声をかけると、源三は煙管《キセル》の胴を舟縁《ふなべり》で叩き、火玉を川面に飛ばした。

「思ったより、早かったですね」

「ええ、たいしたことを聞けなくて」

「あの男が、中岡って火盗ですかい？」

来るときに、その名を源三には言ってある。だが、ここに至る経緯までは話してはいない。

「いいえ、中岡って同心は五日前に役所を罷免されていて……」

「ひめんってのは、首ってことですかい？」

「ええ、そう。今のは、寺内っていう同じ火盗改の同心です。齢も同じくらいでしょうか」

「左様ですかい……それで、このあとはどちらに？」

「戻りましょう。お義父さまもお待ちでしょうから」

家では丈一郎が、音乃の話を待っている。

「それじゃ、動かしやすぜ」

水棹を押して、舟は桟橋を離れる。柳橋を潜れば、すぐそこは大川の広い川面であった。

両国橋を潜り、しばらくしたところで、舟は急に蛇行をしはじめた。

舟は揺らいで、安定をしない。音乃の体が、左右に振られた。

「源三さん……」

どうかしたかと、音乃は振り向くと艫《とも》に立つ源三を見やった。声は川風に飛ばされ、
源三の耳に入っていない。

櫓を漕ぐものの、動かし方がおぼつかない。源三は何かを考えている様子である。

顔は進行方向とは、別のところを向いている。

「ちょいと、源三さん！」

危ないと、音乃は声音を大きくして言った。

危うく新大橋の橋脚にぶつかりそうになった。

「あっ、こいつはすまねえ」

舟を漕いでいるのを忘れるほど、源三は考えに没頭していた。

「どうかしまして？」

「いえ……着いたら話しやしょう」

大川の流れに乗った舟は安定し、速度を増して進む。永代橋を潜ると右手は霊巌島である。福井藩松平家の下屋敷の塀が途切れたところで、舟は新堀川へと方向を変えた。

「お疲れさんでした」

船宿『舟玄』の桟橋に猪牙舟を着け、音乃と源三は陸《おか》に上がった。

「先ほどは、どうかしましたの？」

「ええ、考えごとをしてやして。船頭だってのに、舟を漕ぐのを忘れてちゃ失格でやすね」

「それは、どうでもいいですけど。着いたら、話してくれると……」

「ええ。ずっと、あの寺内っていう火盗改のことを考えていたんですがね」

「寺内のことをですか？」

「へえ。どっかで見た顔だと。そしたら……」

源三が、話すところで邪魔が入る。

「おう、帰《けえ》ってきたかい」

小屋から顔を出したのは、船宿の亭主であった。

「てめえの名を、まだ言ってませんでしたね。権六《ごんろく》といいやすんで、これからもお見知りおきを……」

「こちらこそ」

音乃は腰を折って、権六に笑顔を向けた。

「親方、今日はこれで上りやすがよろしいですかい？」

音乃の顔を見て、鼻の下を伸ばす権六に源三が訊いた。

「ああ、構わねえよ。巽の旦那と話があんだろうから……」

「すいやせん」


家に戻り、音乃と丈一郎、そして源三が三角になって座る。

これまでの経緯については、丈一郎の口から源三には語り済みである。

話が途中で止まっている。切り出しは、音乃が源三に問うところからはじまった。

「源三さんは、寺内をどこかで見た顔と……いったい、どちらで？」

「十二年前、十川屋の事件があったあの日、現場でもってあっしらを追い払った火盗改が、あの寺内って同心でして……ええ、昔から牛みてえな面をしてやしたんで、間違えねえです」

驚いた顔をして聞いているのは、丈一郎である。

「どういうことだ、音乃。中岡ではなく、寺内って名が出たが？」

「中岡は、五日前に火盗改を首になってまして、その代わりに寺内という同心が相手をしてくれました」

音乃は、寺内と柳橋の茶屋で話したことを語った。

「実直そうな方で、袖の下が好きな中岡のことをぼろくそに言ってました」

「寺内がか……」

「お義父さまはその名をご存じで？」

「ああ。三十年も火盗改と競い合ってたら、大抵の者なら知っている。だったら音乃、中岡という者より寺内のほうが十川屋の事件には詳しいかもしれんぞ」

「はい。つなぎはつけてあります。ですが、中岡よりも弱みは少ないようで……」

急所の玉を握りづらいとまでは、音乃の口からは言えない。

「松吉を捕らえたのは、寺内ではないかと聞いている。かなり、強引な捜索をする火盗改だ。その名は、町方にも轟いている。音乃が思うほど、実直そうな男ではないぞ」

「すると、松吉さんを獄死させたのも……」

「ああ、寺内であろう。取り調べも、手荒なことで名が通っているしな」

音乃は、鼻を広げた寺内の顔を思い出した。普段はおとなしそうだが、事件の捜索に入ると、猛牛と化すのだろうと。

丈一郎の言葉で、音乃は思うことがあった。

中岡は商家からくすねる賂に、寺内は手柄を立てることに、それぞれの情熱を燃やしているのだろうと、音乃は想いを巡らせた。

「寺内に接触するのなら、充分注意してかかったほうがよい。けっこう、勘の鋭い男とも聞いておるしな」

「あっしのことが、分かりやしたかねえ？」

寺内と顔を合わせた源三が、不安げな声音で音乃に訊いた。

「いえ、そんな素振りはまったくなかったですけど」

「源三と寺内は、十川屋の現場でもってしか顔を合わせてないだろう。源三はあの仕打ちに腹が立っていたから思い出すこともできただろうが、向こうは覚えてなんかいないだろう。それほど案ずることはないさ」

「そうなら、いいんですがねえ」

不安が拭いきれない源三は、気持ちの芯までが疼《うず》く心持ちとなった。

「ほんの少しは、十川屋の事件に近づいた気がいたします」

とりあえず当面は、寺内の線から探ろうということになった。

手がかりが得られないまま、さらに五日が過ぎた。

その間音乃は、遠くから誰かに見られているような視線を感じていた。音乃に寄り添いたいような、そんな不埒な男のものとは質の違う視線だ。

のべつまくなしではない。音乃は気づかぬ振りをして、逆に相手のほうから現れるのを待った。

手がかりをつかむには、寺内を当たるしかない。五日も放っておいたのは、再会するのにいくらかの間が必要と思ったからだ。

しかし、こちらから寺内と会うも、どこをどう切り出してよいのかが分からない。中岡のときもそうだった。ただ闇雲に会っても訝《いぶか》しがられるだけだ。この五日の間、音乃と丈一郎はその策を模索したがこれといった良案が見つからない。

分かったことといえば、中岡が寺内に代わり、その寺内が松吉を獄死に追いやった人物らしいということくらいだ。だが、目的はそれを探ることではない。十川屋を襲った真の下手人を捕まえ、真相を暴き出すことにある。

「さてと、どうしたものか……」

途方もない暗闇に、さすがに音乃と丈一郎の気持ちもめげてくる。

そんな折のこと――。

異変が起きたのは、船宿の『舟玄』であった。

日が真南に昇った、正午《ひる》ごろ。

「ここに、源三という船頭はいるかい？」

小袖の着流しに、腰に二本差した侍であった。

火盗改が隠密で探索をするときの格好である。顔は四角く、牛のような顔をしている。

音乃が見たら、寺内と知れる。手下もつけず、単独《ひとり》であった。

「源三でしたら、今は客を乗せて出てやすが。いってえ、どちらさんで？」

「ちょいとその者に訊きたいことがあってな、それでいつごろ戻る？」

口は荒いがもの腰は柔らかく、名は明かさずも用件だけを言った。

「今出ていったばかりなんで、半刻ほどは戻らねえと……」

「そうかい。だったら、そのころ出直してくらあ」

権六は、侍の態度になんら不審も抱かず自分の用事へと戻った。

半刻も経たず、源三が戻ってきた。

「さっき源三を訪ねて、客が来たぜ」

舟を舫《もや》う源三に、権六が話しかけた。

「客ですかい。いったいどんな……？」

心当たりもなく、源三が訊いた。

「どこかの家来らしく、非番で暇をもてあましたような侍だったなあ」

「誰でやすかねえ。舟に忘れもんをしたんなら、親方にも言うはずだし……」

「四角い顔の、そうだ一見牛みてえな面《つら》をしてた」

「牛だって……？」

面相を聞いて源三が思い当たるのは、一人しかいない。

「……まさか」

「どうかしたんかい？」

考え込む源三に、権六が問うた。

「それで、その侍はなんと？」

「半刻して戻るって言ったら、そのころまた来ると引き揚げていった。半刻ばかりと言ったんで、来るにはもう少し間があるなあ」

「ちょっと、親方。出かけてきやすがいいですかい？　もし、その侍が来たらまだ戻らねえと言ってくだせえ」

「ああ、そう言っとくが、何かあったのかい？」

「話す暇がねえんで、すいやせん」

言うが早いか、源三は駆け出していった。

六

源三が向かった先は、巽家であった。

「音乃さんはおりやすかい？」

戸口の遣戸《やりど》を開けたと同時に、源三は中に声を飛ばした。

「おや、源三さん。そんなに血相を変えてどうしたのです？」

出てきたのは、音乃であった。

「火盗改の寺内らしき男が、船宿にあっしを訪ねてきやした」

「なんですって、寺内が？」

「あっしが出かけてた留守の間に。もう間もなく出直してくると思いやすが、どうしらたよかろうかと……」

「どうして源三さんを……？」

寺内は知ったのかと、音乃は考えながら源三の形《なり》を見やった。

「そうか、半纏……」

印半纏の襟と、背中には大きく屋号が白く抜かれている。火盗改ならば、江戸中の船宿を知っているはずだ。屋号さえ分かれば、どこの船宿だということはすぐさま分かるだろう。だが、源三を訪ねてきた目的が分からない。

――もしや、わたしとの関わりを知っているのだろうか？

舟に乗る間は、そんな仕草はおくびにも出さなかっただけに、なんとも不気味である。

「とにかく、会って話を聞くしかないでしょう。別段悪いことはしていないのですから……」

音乃が助言をするも、源三の気持ちは落ち着かない。第六感というのが、脳裏をよぎる。悪いことほど強く感じるものだ。

「わたしも行こうかしら？」

「いや、それはやめといたほうが。音乃さんとの関わりは、向こうは知らねえはずですから」

「何か分かったら、すぐに報せてください」

「へえ……」

不安そうな返事を残して、源三は船宿へと戻っていった。

――先だって感じていた視線と関わりがあるのだろうか？

音乃には、ふと思うところがあった。

厠《かわや》に行ってたか、手を拭きながら丈一郎が戸口へと出てきた。

「源三が来てたようだが、何かあったのか？」

「火盗改の寺内らしき男が、源三さんのところに……」

「なんだと、寺内が？」

音乃の話に、丈一郎の眉間に深い縦皺が刻まれた。


船宿の前に六、七人がたむろしている。

刺又《さすまた》や寄棒《よりぼう》を立てているのは、奉行所の捕り手にも見える。何があったかと、源三は怪訝な面持ちで近づいていった。

源三に、真っ先に気づいたのは、やはり火盗改の寺内であった。

小袖に襷をかけ、野袴を履いたものものしい格好をしている。この半刻の間に、どこかで着替えたようだ。

「もしや、先だっての……？」

名を知るものの、源三は惚《とぼ》けた。

「源三だな？」

「……へい」

「火盗改である。おまえを召し捕りに来た」

藪から棒である。

「なんですって？」

「殺しの咎《とが》だ」

「いってえ、あっしが誰を？」

「惚《とぼ》けるでない。元火盗改同心、中岡伝三郎《でんざぶろう》を柳原《やなぎわら》の土手で殺したであろう？」

「中岡が……？」

「やはり、知っておったな」

「名は知ってやすが、殺すなどと……」

「申し開きは、火盗改の役所でいたせ。神妙に縄につかんと、この場で痛い目に遭うと心得よ」

まったく身に覚えのないことだ。

——どうにかこのことを、音乃さんに報せなくては。

縄を打たれながら、源三はあたりを見回した。船宿の亭主権六が、顔をしかめて見やっているも、火盗改に声をかける勇気はない。どうにも頼りにならなそうだ。

すると、遠目に音乃と丈一郎の姿が見えた。目と目が合うと、音乃の小さくうなずく姿があった。

源三は、その仕草一つで気持ちを落ち着かせることができた。

十人ほど乗れる大型の川舟が、桟橋に二艘横づけされている。その一艘に源三と寺内、そして捕り手が三人乗った。


新堀川を、大川に向かって二艘の舟が動き出す。

それを見て、音乃と丈一郎は船宿に近寄った。

「権六、源三はなんで連れていかれた?」

亭主権六に、丈一郎が訊いた。

「なんですか、人を殺した廉《かど》でとか……」

震えを帯びた声で、権六は言う。

「誰を殺したって？」

「中岡って聞こえやしたけど……」

「本当に、中岡って言ってました？」

権六に、顔を近づけ音乃が問うた。

「ええ、元火盗改だとかなんとか……」

それが真《まこと》だと、中岡は殺されたってことだ。

舟が出て、まだ間もない。

「権六さん、舟を出していただけないかしら」

「追いかけるのか？」

丈一郎の問いに、音乃は大きくうなずいた。

「はい。源三さんを取り返さないと……早く」

「分かりやした。三郎太《さぶろうた》に漕がせやしょう。相手は大型の川舟だ。猪牙舟だったらすぐに追いつけやすぜ」

権六も落ち着きを取り戻したようだ。三郎太という若い船頭を呼んで、音乃と丈一郎を猪牙舟に乗せた。

三郎太も真っ黒に日焼けし、源三と同じように筋骨が隆々としている。櫓を漕ぐ腕の動きが速い。

永代橋を潜ったあたりで、火盗改の乗る舟が目に入った。

先の舟の、艫側に源三が乗っているのが分かる。

「あっ、あの舟」

「こんなに早く追いつけたのは、意外だったな。しばらくは、あとを尾《つ》けてみようではないか」

丈一郎が言うと、三郎太は櫓を漕ぐ力を緩めた。差を半町ほどに保ちながら、大川を遡る。

「おかしいですねえ」

櫓を動かしながら、三太郎が首を傾げている。

「どうかしまして？」

「へえ。あの川舟、ずいぶんと進みが遅いようで……」

「あれだけ人が乗ってちゃ、仕方ながなかろう。それに、川の流れに逆らっているしな」

船頭を含め、一艘に五、六人乗っている。

「今は満潮で、川の流れはほとんど止まってますが、それにしてもゆっくりすぎます」

川舟の船頭ならば、もっと速く漕げるはずだと三郎太は言う。

薦《こも》の被った四斗樽を、十樽ほど積んだ同じ大きさの川舟が追い越していく。

「捕らえたら、急いで下手人を連れていくのがあたりまえだろうが……何を考えているのだ？」

丈一郎が、首を傾げて言う。

「もしや……？」

呟くように、音乃が口にする。

「わたしが追いつくのを、待っているのかしら？」

「音乃を待っているだと？」

「寺内は、わたしと源三さんが仲間だってのを知っているのかも……」

「ならば、なんでそんな手の込んだことをする？　音乃に会いたいなら、直《じか》にこっちに来ればいいことだろう」

「それができない何かが」

「何かって、なんだ？」

「それは訊いてみないと分かりません。ただ一つ引っかかるのは、中岡は本当に殺されたのでしょうか？　源三さんを捕らえる口実……わたしを誘《おび》き出すため。それと言うのも、船頭の源三さんが、中岡を殺したなんて、話に無理があります」

「音乃を誘き出す、罠《わな》だというのか」

「おそらく。わたしの勘が当たっているとすれば、新大橋《しんおおはし》を潜ったあたりから舟は速くなるかと」

「どうしてだ？」

「わたしが来ないと思い、あきらめるからでしょう」

音乃が言う新大橋が、二町先に見えてきた。

「あっ、速くなりましたぜ」

火盗改の舟が動き出したのは、新大橋の手前であった。

音乃の勘は当たっていた。

「追いつきましょうか？」

「ああ。行ってみよう」

三郎太の、櫓を漕ぐ動きが倍になった。

七

新大橋を潜り、二町ほど漕いだところで追いついた。

「その人は、下手人なんかではありませーん！」

源三が乗った先を進む舟に向け、音乃は、のどが張り裂けんばかりの大声をかけた。小さな声では川風に飛ばされ、かき消されてしまう。

「おお、やっぱり来よったか」

寺内が、にんまりとした顔を向けて返す。

「舟を止めろ」

船頭に命じ、寺内が舟を止めた。猪牙舟は、ぴったりと川舟の縁につく。

「寺内殿だな。おれに、見覚えがないか？」

脇に寄せたと同時に、丈一郎が真っ先に訊いた。

「やっぱりって、巽殿も来てくれたかい」

「やっぱりって、拙者のことを知っておったのか？」

「ということは、わたしのこともご存じで……？」

「ああ、どうもおかしいと思ってな、ちょっとばかり調べさせてもらった」

遠目の視線はこれだったかと、音乃は得心をした。

「町屋の娘だなんて、とんでもねえ。元は定町廻り同心の内儀じゃねえか。そしたら、その義理の父親も元は鬼同心といわれた男……あんたらは、いったい何を探《さぐ》っているのだ？」

ばれたからには仕方がないと、音乃は開き直って寺内の顔を凝視する。

「それにしても、ずいぶんと手の込んだことをいたしますね？」

「いろいろと事情《わけ》があってな、こうでもしねえとゆっくり話ができねえ」

「相変わらず、強引な捕り物をやるもんだな。これが火盗改……いや、寺内殿のやり方なのか？」

丈一郎の問いであった。

「舟が別々では、話しづらくていけねえ。こちらの舟に移ってくれ」

火盗改特有の、威張る態度は誰に対しても変わらないようだ。居丈高の口調で、寺内が誘った。

「まさか、火盗改得意の罠ではないだろうな？」

丈一郎が、皮肉を込めて問うた。互いの口調に、町方と火盗改の遺恨が滲み出る。

「なぜに罠など仕掛ける必要があるか。そりゃ、二人に来てもらうのに、手段は用いたがな」

源三を捕らえれば、音乃と丈一郎が駆けつけてくると読んでの仕掛けだと、寺内は自ら立てた策を語った。だが、その目的までは明かしてはいない。

「なんでかってのは、これから話す」

「よし、分かった」

「ちょっと、乗るのは待ってくれ。ここでは危ねえ」

丈一郎と音乃が乗り移ろうとするのを、寺内が止めた。

舟を浅瀬につけ、川底に水棹を差して舟を舫《もや》う。そして、捕り手たちの乗ったうしろの舟を、反対側に横づけさせた。

「源三の縄を解いて、おめえらはあっちに乗り移ってくれ」

源三の抗《あらが》いに備えて、寺内の舟に捕り手が三人乗っている。

「誰もいなくて、大丈夫ですか？」

捕り手の一人が寺内に訊いた。

「ああ、心配することはねえ。乗ったら、ちょっと離れていてくれ」

「かしこまりました」

多少高低差があるが、女の音乃でも難なく乗り移ることができた。

もう一艘の舟に三人と船頭が移ると、声が届かないほどのところに舟を移動させた。

三郎太を船宿に戻し、川舟の上での話となった。

「なんの了見《りようけん》で、こんなことを?」

丈一郎の、さっそくの問いであった。

「先だって、この船頭と一緒に大川を下りやがる。そんなんでこの数日調べさせてもらったが、まさか、おとのが巽家の嫁だったとはな。大工松吉の姪っ子だなんて、おかしいと思ったぜ」

「さすが、火盗改の旦那でございます。よく、お見通しで……」

音乃は観念したといった表情で、寺内に返した。

「ああ、それが火盗改の勘てもんだ」

寺内が、鼻息を荒くして得意げに言った。さらに語る。

「印半纏から船宿を知った。この近くに、おとのって名の女は住んでるかって、番屋で訊いたらすぐに教えてくれた。文字も音乃と書くと聞いた。偽名を使わなかったのは褒めてやる」

「ならば、どうして直《じか》に来なかったのです？」

「音乃だけだったら、直に事情を訊きに行ったのだが。北町奉行所の鬼同心と謳われた、巽がついてるとあっては話が違ってくる。おいそれと、音乃ひとりだけ引っ張ってはこれないからな。いったい何を探ってるんだと知りたいために、こんな手を思いついたってわけだ。源三を捕まえれば、必ず巽も一緒に追っかけてくるだろうと読んだら図星だった」

読みに狂いがなかったと、そんな思いが不敵な笑いとなって寺内の顔に表れた。

「ところで、本当に中岡様は殺されましたので？」

「あっ、ああ……」

寺内が口ごもったのを、音乃は疑問に思うも口にはしない。

「どちらでですか？」

「四日前に、柳原の土手でだ……」

憮然とした面持ちで、寺内が言った。

「あっしは、柳原になんか行ってませんぜ」

源三が、怒鳴り口調で抗う。

「うるさい、お前は黙っておれ！」

怒鳴り飛ばしてから、寺内は言う。

「もういい、源三は解き放しだ」

端《はな》から源三を捕まえる気はなかったところに、何かが隠されている。音乃と丈一郎は黙って目を見合わせて、小さくうなずいた。

「なぜに、中岡様は殺されましたので？」

おかしいと思いつつ、音乃が問うた。

「そいつはもうどうでもいい。余計な詮索はするな」

「源三を解き放せば、あの捕り手たちが訝《いぶか》しがるのでは？」

川べりに停まる舟を見ながら、丈一郎が言った。

「あれは火盗改の者たちではない。あれほどの捕り手を出すことになったら大捕り物で、火盗改では与力の出動と相成ってしまうからな。あれはみんな、おれの子飼いの者たちだ」

火盗改の同心は、無頼《ぶらい》であった者たちを手なずけ、捜索のための密偵にしている。そこが町奉行所同心と違い、恐れられる要因でもあった。音乃を探ったのも、その手の者であると寺内は明かした。

音乃は寺内の手立ての周到さに、これまでの火盗改に対する認識を改める思いとなった。

「ならばこれで、舟を下ろさせてくれ」

「いや、まだそういうわけにはいかん。返答次第では、中岡殺しでなくてもしょっ引かなくてはいけないからな」

言って寺内は首を振る。

「さあ、いったいあんたらは何を探っているのだ？　ここでは誰も聞いてはいないから、正直に話してくれ。それができなきゃ、本当に火盗改の役所で訊くことになるが。そうなりゃ、もっと面倒なことになるのではないのか」

さらに寺内の顔は厳《いか》つくなって、獲物を狙う、猛獣の形相となった。

「ならば、正直にお話ししましょう。お義父さま、よろしいですね？」

「いつかは知れることだ。いいから、話してやれ」

――音乃には何か考えがあるのだろう。

音乃の才覚に任そうと、丈一郎はうなずきながら思った。

「先だって話したことですよ。日本橋本石町は米問屋、十川屋さんの真の下手人を捜し出すこと」

「今ごろになって、そんな古い事件をもち出し、どうしようというのだ。もう、とっくに解決していることだぞ」

「大工松吉が叔父といったのはごめんなさい」

とりあえず、嘘を吐《つ》いた詫びを言う。

「十川屋事件で、松吉さんを捕らえたのは、寺内様でございますか？」

「………」

なぜか、寺内は黙している。

「よくお調べをしないで捕らえた上、無理矢理白状させようと拷問を加えて獄死させた。そうじゃないんですか？」

問い詰めに、瞬間寺内はたじろぐ様子を見せたのを音乃は見逃さずにいた。

「とんでもない。松吉は自分でやったと、白状をして死んでいったのだ」

「実は、松吉さんには二人の子供がおりまして、わたくしとは幼馴染でした。あの事件以来会うことはなくなりまして、最近になってようやく巡り逢えたのです。思い出話を語るうちに、事件の話となりました」

音乃は、矢吉とお糸から聞いた話を語る。

「あの事件があった日は雨で、松吉さんは昼ごろに戻り、一晩中家にいたことを訴えたが、家族の話は聞き入れてもらえなかったと。わたくしは二人の話を信じて、お義父さまにそれをお話ししたところ、真の下手人を捜し出そうということに。それでもって、どうこうしようっていうのではありません。松吉さんの濡れ衣を今からでも晴らしたい、ただそれだけのことにほかなりません。面と向かって火盗改のお役所に今さら訴えたとしても、門前払いをされるのがおちですよね」

「わしも、奉行所を辞めて暇をもてあましておるのでな、ちょっと昔取った杵柄《きねづか》で、その兄妹のために一肌脱ごうと思っただけのことよ」

音乃の語りに、丈一郎が添えた。

「ならば聞かそう。松吉を捕らえに出向いたのは拙者ではない、中岡のほうだ」

「あんたではなかったのか？」

丈一郎の誤った認識であった。

「ああ、そうだ。当時の長官《おかしら》が直々に中岡に命《めい》をくだしてな。松吉を痛めつけて、白状させたのもそうだ。俺はむしろ、手荒なことはやめろと止めたほうだ」

寺内の話を、音乃は大きくうなずきながら聞いた。

「左様でございましたか……」

ほっと、大きなため息を吐いて言った。

「とにかく、二人に言っておく。これ以上の詮索は、止めておいたほうが身のためだとなもう、火盗改には一切近づいてはならん。今後探っているのを見つけたら、それこそ容赦はせんからな。これは、警告と思え」

厳命を下すような、寺内の口調であった。

「お義父さま、どうやらここまでのようでございますね。これ以上探りますと、大きな蛇が出てきそう」

「ああ。もう、わしらの手に負えるところではなさそうだな」

あきらめたといった口調で、丈一郎は音乃に言葉を合わせた。

近くの桟橋に舟はつけられ、そこで三人は下ろされた。

手の込んだ仕掛けをしたわりには、寺内の引きがあっさりとしすぎている。

「十川屋事件の裏には、いったい何があるのでしょうね？」

音乃は寺内の言葉を信じることができず、丈一郎に問うた。

「音乃がさっき言った、でっかい蛇でも出てくるのだろうよ」

遠ざかる舟を見ながら、丈一郎が言った。

第四章　連爪の先端

一

むしろ疑問は、さらに深みを増した。

舟の上での寺内の様子が気になる音乃であった。

「探りを止めさせるのに、わざわざ源三さんを捕らえ舟で誘《おび》き出すなど、脅しにしてはきつすぎます。松吉さんが無実だろうがなかろうが、火盗改ならば『もう昔のことだ』の一言で済ますでしょうに、あえて警告なんて言葉は使わないと思います」

「同感だな」

この先、十川屋事件のことを火盗改の筋から探ることはできない。少しでも探る素振りを知られたら、寺内は黙っていないだろう。

これからは、寺内が放つ密偵にも気をつけなくてはならない。

「まったく煩《わずら》わしいものだな」

丈一郎も、寺内の真意は別にあるとの、音乃の意見に同意している。これからは、あたりを気にしながら歩かなくてはならないと憂えた。

「奉行所でいう、下手人を泳がせるって策に出たな」

「ならばお義父さま、それを逆手《さかて》に取ってみませんか？」

「逆手に取るとは？」

「探っていることを、堂々と見せつけるのです」

「それでは音乃に難がかかるぞ。見つけたら、容赦はせんと言っておったからな」

「覚悟の上です。そうしないと、真の下手人にはたどり着けないような気がします。ですが、案ずることはございません。こちらには、閻魔様がついておりますす」

「真之介が守ってくれるか？」

「はい。いつも、そのような心持ちでやっております」

強がりを言うも、ふとこぼす音乃の寂しげな表情に、丈一郎の顔も伏目がちになる。

「そうであろうなあ」

呟くような口調で、丈一郎は返した。

その日の暮《くれ》六ツ過ぎ、音乃と丈一郎は、与力の梶村宅を訪れることにした。

八丁堀に入り、遠回りするも二人はなるべく人通りのない寂しい道を歩いた。背後を気にしながら歩くも、あとを尾《つ》けられる気配はない。

梶村と会うのは、中岡が殺された真相をたしかめることにあった。

夕七ツ半ごろになって、梶村は戻ってきた。

一通りの挨拶を済ませ、話は本題へと入る。丈一郎の口から、これまでの経過が語られた。

「すでに半月以上が経ちますが、さしたる進展がなくまことに申しわけございません」

「さもあらん。古い事件を一から探るのだ、そんなに簡単にいかぬことは分かっているので気にするな。途中の経過など、わざわざ言いにくることはないぞ。それと、ここでは堅苦しい言葉は使わなくていいと言ってあるだろ。ざっくばらんすぎるのもいかんがな」

顔に笑いを含ませて、梶村が言った。

寺内とのことは、まだ話してはいない。

「そこで、一つだけお訊きしたいことがございまして。音乃が探っていた中岡という火盗改同心のことでありますが、殺されたというのを奉行所ではご存じでしょうか？」

「なんだと？　拙者の耳には入っておらんな。月番は南町なので……いや、そんなことはないな。火盗改の同心が殺されたとあっては、北町《こっち》にも報せが届くはずだし……そいつはおかしい。ところで丈一郎と音乃は、どこでそのことを知った？」

「実はでございます……」

丈一郎が、この日あったことを語った。

「なんと、火盗改の寺内からだと？」

「寺内をご存じで……？」

「ああ。吟味の厳しさでは、火盗改でも一、二と聞いている。大川の川面で、そんなことがあったのか。なんともおかしな雲行きになってきたな」

腕を組んで考える梶村を、音乃は黙って見やっている。

「そうなると、中岡のことは寺内の作り話かもしれん」

呟きのような小さな声音で、梶村が口にする。それが、丈一郎の耳に入った。

「ということは、中岡は殺されてはいないと？」

丈一郎が問うた。

「ああ、首にもなっておらんだろうよ。もし罷免されたり、よしんば殺されたりでもしたら、奉行所にも回状が届くはずだ。互いの人員は把握しとらんとならぬでな。明日にでも誰かを探らせに行かせよう。何か分かったら……」

「よろしいでしょうか、梶村様」

それまで黙っていた音乃が、口を挟んだ。

「でしたら、わたしが行ってまいります」

「音乃がか？　火盗改に知れたら、大変なことになるぞ。寺内に、釘を刺されておるのであろうに」

「はい。ですがやはりここは、直《じか》に調べたいと。なぜと申せば、本来なら町奉行所に報せなければならないことを、わたしたちに話をしたのでございましょう？　そこに、何か意図が隠されていると思われます。寺内があっさりと引き揚げたのも、妙に思われました。そうなると、余計に十二年前の十川屋の事件が関わってくるとしか思われてなりません。それこそ、探るに絶好の機かと……」

「なるほどのう」

梶村は得心したか、小さくうなずきを見せた。しかし、表情は乗り気でないようだ。

「もしや、梶村様はわたしの身を案じて……」

「寺内に知れたら、何をされるか分からんぞ。音乃は旗本の娘であるからして、捕らえられたらお目付のもとに送られるであろう。町奉行所としては、手が出せなくなる」

「もしそうなりましたら、奉行所では助けてもらえないのでしょうか？」

それほど北町奉行所に力がないとは思えないと、丈一郎が、膝を乗り出して問うた。

「お義父さま、わたくしたちはお奉行様の影同心……」

「左様であったな。絶対に、奉行所のことは口に出せんのであった」

北町奉行所とは、まったく関わりのないところで動かなくてはならないのだ。その線が結びつくのは、真相が明らかになったときしかない。

「梶村様、お目付とは天野又十郎《あまのまたじゅうろう》様のことでしょうか？」

若年寄支配の目付は、旗本や御家人を監察する役目にある。目付で音乃が知っている名は、天野又十郎一人である。その者ならば、音乃の味方になってくれるとの思いがあった。

「いや、天野様ではなかろう。お目付役は十人おるでな……」

「天野様ではございませんので？」

いく分、がっかりしたような音乃の声音であった。

「火盗改の筋なら、おそらく井山忠治《ただはる》様であろう」

「もしや、井山様とは以前……というよりも、それこそ十二年前の事件があったとき、火付盗賊改方の長官《かしら》だったお方では？」

――どこかで、聞いたことのある名。

丈一郎の問いに、小首を傾げたのは梶村でなく音乃であった。

「そうであったな。火盗改の長官からお目付役となれば、ずいぶんと出世したものだ。そういえば、かなり金を使ってのし上がったと、いつぞや噂で聞いたことがある」

与力と義父の会話を、音乃は下を向いて聞いている。

「どうした、音乃。天野様でなくて、がっかりしたか？」

「いえ、そうではございません、梶村様。その井山様という名を、どこかで……」

言いながら、音乃がまたしても下を向くのは考えているからだ。

「……つい、最近のこと」

ぶつぶつと呟き、音乃は思案に耽《ふけ》る。そのときふと、矢吉とお糸の顔が脳裏に浮かんだ。

「あっ、そうだ。あのとき……」

「何か思い出したか、音乃」

　丈一郎が問いかける。

「お義父さまは覚えてないかしら。矢吉とお糸の話の中に出てきた、三百両の……」

「あっ、千州屋がもっていた書き付けか」

「はい、借用証文に書かれていた借主の姓がたしか井山……」

「なんの話をしておる？」

　音乃と丈一郎のやり取りが分からず、梶村が問うた。

「先だって、梶村様にお願いしました番所での、掏摸《すり》の兄妹との話を覚えておいでで
ございましょうか？」

「ああ、むろん。それがどうした？」

「その者たちが掏り盗った財布の中に……」

　丈一郎の口から、借用証文のことが語られる。

「もしや、その借主がお目付の井山忠治様ってことか？」

「名までは覚えておりませんでしたので、そこはなんとも。ですが、十二年前の日付
けといい、符合することが随所にあると思われます」

　梶村の問いに、音乃が答えた。一つの点と点が結びついたような感じがして、音乃

の目に輝きが宿った。だが、まだ憶測に過ぎない。

「千州屋を、当たってみるとするか」

丈一郎が、一番組与力の前で腕を組みながら言った。

「これは、ご無礼を……」

丈一郎は、慌てて組んだ腕を解《ほど》いた。

二

目付の井山と千州屋千恵蔵の接点はなんだと、音乃は考える。

「もし、借用証文の借主が当時火盗改長官の井山様でありましたら、米問屋の千州屋さんから三百両を借りていたものと。ですが、なぜにそんな古いものを千州屋の旦那さまは財布の中などに……？」

「いや、待て音乃」

音乃の言葉を、丈一郎が遮《さえぎ》って言う。

「十二年前は、まだ千州屋はなかったはずだ。そうなると、その証文は千州屋のものではないってことだ」

「えっ？」

音乃の驚く表情となった。そこに、梶村が言葉を挟む。

「そういえば、千州屋は十年ほど前に米問屋を立ち上げ、短い間でめきめきと頭角《とうかく》を現したと聞く。千恵蔵という主は、かなりの遣り手らしいの」

「梶村様も、ご存じでしたか？」

「ああ、町奉行所の与力なら、そのくらいのことは知っておる」

丈一郎の問いに、梶村は誇らしげに言った。

「これはあくまでも仮に、のことですが……」

音乃は断りを先に言う。

「その借用証文にある貸主が、十川屋さんだとしたらどうなりましょう？」

「そりゃ、突拍子もない考えだな。十川屋と千州屋ではどう考えても結びつかんぞ」

丈一郎の話に、音乃は何を思いついたか不敵な笑みを浮かべた。

「それが、結びつくのです。お義父さま、矢立《やたて》をおもちでしたね。お貸しいただけますでしょうか？」

「ああ、もっておるぞ」

御用の筋では必需品である。町方同心のときから、刀と十手と矢立だけは腰から外したことがない。丈一郎の帯から、根付《ねつけ》でぶら下がる矢立が抜かれた。そして、懐《ふところ》から懐紙が音乃の手に渡される。

畳の上に広げられた懐紙を前に、音乃は筆をもって構えた。

「……十川屋」

呟きを漏らして、大きな字で十川屋と書き込む。丈一郎と梶村が、音乃の姿を訝《いぶか》しげな顔をして見やっている。

「十川屋と書かれてあるな」

梶村からは、逆さに読める。音乃は、懐紙を逆さまにして、梶村に向けた。そして口にする。

「十川屋に千州屋、これって字が似てませんでしょうか？」

もう一度懐紙を反転して、音乃は自分に向けてさらに書き込む。

「十の字の上にノと書いて、川の中にちょんちょんちょんと入れれば……」

「なんと、千州屋！」

丈一郎と梶村の、驚く面相が音乃に向いた。

ふーむと、梶村が鼻息を荒くする。さらに、音乃が言葉をつけ加える。

「十川屋さんの殺しには、当時火盗改長官の井山様と、千州屋の主が関わっていた。

そこを芯にして、探るってみるのはいかがでございましょうか？」

「だが音乃、千州屋の主は江戸にはいなかった……いや、そんな話はいくらでもはぐらかせることができるな」

丈一郎も、音乃の仮説にうなずく姿勢を取った。

「いや待て、丈一郎」

梶村の気持ちは、反対側に向いている。

「音乃の仮の説はおもしろく聞いた。だが、考えすぎということもある。たとえ、今は目付の井山様が十川屋の事件と関わりがあったとしても、そこまで踏み込むのは容易なことでないぞ。相手は幕閣にもおよぶかもしれんからの。それこそ、火盗改どころの話ではなくなる」

事が大きすぎると、梶村は及び腰のようだ。

「梶村様、よろしいでしょうか？」

音乃は、真剣な眼差しを梶村に向けた。

ぞくっとした音乃の美しさに、梶村は一瞬たじろぐ。

――これほど澄んでいて、綺麗な目を見たことはない。

「なんなりと、申せ」

思いを隠して、梶村が言った。

「お奉行様の真意が、なんとなく分かるような気がしてまいりました」

「ほう、お奉行のか？」

「はい。なぜに、十二年前の十川屋さんの事件をまた探り出せと申されたのかを。お義父さまがこの事件を探りたいとおっしゃったところ、お奉行様も同じような考えでおられたのではないかと。そこには深い意図があるものと……もしや、今おっしゃられました、梶村様のお話と関わりがあるのではないかと」

「相手は、幕閣に及ぶということか？」

火付盗賊改方は若年寄、町奉行所は老中の配下である。北町奉行榊原忠之が、老中から探索の命《めい》を受けたとしてもおかしくない。十川屋押し込みの下手人を挙げることよりも、そこに重きがおかれているものと音乃は踏んだ。

「はい。そう思えば、辻褄が合おうかと。お奉行様は、幕府要職の不正を暴くためにわたしたちを……」

「それにしては、丈一郎と音乃だけでは荷が重過ぎるだろう」

「証しを立てるだけでしたら、むしろうって《こっち》つけかと。表立って探れることではございませんし。裏さえ取れれば、あとは奉行所に任せろとおっしゃっておられました」

「音乃の言うとおりだと、自分も今更にして思います」

丈一郎は腰ごと折り、梶村に向けて深く頭を下げた。

「どうやら仮の説ではないような気がしてきた。だとしたら、大変な任務になるが……」

「わたしの思いは、矢吉さんとお糸ちゃんの無念を晴らしてやりたいだけでございます。なんの罪もない町人まで巻き込んだ悪事は、どんなに偉いお方でも、とうてい許すことはできません」

真之介のもとに送り込んでやるとは、心で思っていても口にはしない。それを口にするのは、真相が明らかになってからだ。

「自分は、再びお役に立てることが無上の喜びであります。これほど気持ちが滾《たぎ》るとは……。老いに向かう人生、新たな生き甲斐を見い出すことができたと思っております」

活気漲《みなぎ》る口調で、丈一郎は言葉を添えた。

「くれぐれも、気をつけてな」

もう言うことはこれしかないと、梶村は話を締めくくった。

時を同じくして、神田花房町の小料理屋に、独りで入る侍の姿があった。

「お二階でお待ちですわよ」

女将に言われ、侍は急勾配の階段を上がった。勝手知ったるところは、馴染みの客であるようだ。

「いるか？」

「ああ、入れ」

障子戸を開けると、着流しで同じ形《なり》をした侍が外を眺めながら、立て膝をついて座っている。

「待たせてすまなかった」

「俺も今来たところだ」

酒と料理は運ばれてない。部屋の中ほどで、二人の侍は向き合った。

「どうだった、首尾は？」

「やはり、おぬしの言ったとおりだ。音乃という娘は十川屋の事件を探っておった」

問うたのは馬面の中岡で、答えたのは牛に似た顔の寺内である。

「あんな猫なで声で近づいてきたのはおかしいと思ったが、やはり裏があった。くそっ、この俺を馬鹿にしやがって。音乃のことは、あとでゆっくり決着をつけてやる」

中岡の声音に、悔恨がこもる。音乃の色香策は、露見していたのだ。

「そりゃそうだろう。おぬしの面じゃ、端からおかしいと思わんほうが、おかしい」

「何を言ってやがる、おまえだって同じ《おんな》じゃねえか」

「互いに、面のことを言うのはよそうぜ」

「ああ、そうだな」

「ところで、義理のおやじもついて来おった」

「……巽丈一郎も来たか」

呟くような、中岡の口調であった。

「そこまでは、手はずどおりにうまくいった。源三が捕らえられたと知ったら、必ず追ってくるとな。おぬしが殺されたと言ったら、音乃は驚いておったぞ」

「それで、あ奴らの真の狙いが分かったか？」

「いや、どうということはなかった。おぬしに捕らえられた松吉の、濡れ衣を晴らそうとしていたらしい。ただ、それだけのことだ。もう叶わぬと思ってか、すぐにあきらめておった」

「すぐにあきらめただと？」

中岡が双眸を見開き、鋭い眼差しを寺内に向けた。

「どうした？　そんなおっかない面をして。おぬしに言われたまでのことをしただけだぞ」

「いや、すまぬ。別におぬしを怒ったわけではないのだ。ただ、相手はおとなしく引き下がらないと思ってな……」

「中岡が死んだと思わせておけば、詮索はあきらめるだろう。そう読んだのは中岡、おぬし自身だからな。なぜにそんな手の込んだことをするのか知らんが、怒るくらいなら自分で探ればよかったのだ」

「それができないから、おぬしに頼んだのだ。ほかに、やることがあってな」

中岡の、顔を歪めた含みのある面相に、寺岡は一瞬たじろぎを見せた。

「うまくいったのだから、それでよかろう。なのに、どうしてそんな腐ったような面をする？　ん……中岡おぬし、まだ何かを隠しているようだな。やはり井山様と……」

寺内の口調も、にわかに震えを帯びている。

「いや、寺内はあまり詮索しないほうがよい。もう、済んだことだしおかげで助かった。その礼といってはなんだが、今夜はおれの奢りだ。じゃんじゃん、呑もうぞ」

中岡は言葉をはぐらかすと、障子戸を開けて手を鳴らした。

「酒と料理を運んでくれ」

階下に向けて、大声を投げた。

三

新たな事件が発生したのは、その翌日であった。

音乃は朝から中岡殺しの真相を探るため、柳原あたりを聞き込みに行こうと、源三に舟を漕がせ神田川を遡《さかのぼ》っていた。

音乃のこの日のいでたちは、薄紫色の小袖に紺の平袴を穿き、腰に大小の二本を差している。若衆髷で頭髪をまとめ、うしろ髪は背中の中ほどまで馬の尻尾のように垂らした若武者の姿であった。

髷は、源三の女房に結ってもらっている。

「ちょっと音乃さんには見えませんね。ですが、男装もよく似合いますぜ」

「うしろ髪が長すぎないかしら？」

島田や丸髷を結うので、髪を短くするわけにはいかない。そのため、元結を高く結んだ髪型であった。

「それもまた、粋というものですぜ」

源三の言葉に、音乃はほっとする。

出る際にも、密偵がいるかどうか、細心の注意を払ったもののその気配はない。

「大丈夫ですかい？　火盗改に近づいていって。あのあたりは、今は火盗のお膝元ですからね」

船宿の出際に、源三が案ずる口調で言った。

舟で行くのも、いざというとき源三に力になってもらいたいからだ。

「ええ。捕まったときはそのとき。それよりも、攻めるときに、攻めなくては好機を逃がしてしまいます。わたしの勘が当たっていたら、真相はもうすぐその先に……」

「顔に似合わず、音乃さんは強えことを言いやがる」

源三は、苦笑いを浮かべて舟を漕ぎはじめた。

舟は流れに逆らい、神田川の上流に向かう。

「どのあたりで、中岡は殺されてたのかしら？」

「このあたりの堤が、柳原ってところですがね」

和泉橋《いずみばし》を過ぎたあたりであった。

源三の返しで、そろそろ舟を停めようとしたところであった。

「何かしら？」

五町ほど先の筋違御門が、遠くに見える。その手前、三町ほどのところに人影がたむろしているのが音乃の目に入った。

「もう少し、近づいて……」

言う途中で、音乃の言葉が止まった。人影が、捕り手の一団と知れたからだ。それが、火盗改か町方かは判別できない。

「いずれにしても、わざわざ近づいて行くこともないわよね」

音乃の言葉で源三は舟を止め、遠くの様子を見ることにした。いつでも舟から降りられるように、桟橋に舟を着ける。ちょうどそのとき、朝五ツを報せる鐘が鳴りはじめた。

「殺しでもあったのですかね？」

「おそらく……」

「こんなところで見てたってなんです。北側の土手から、近づいてみやせんか？」

「その手があったわ」

源三の提案に、音乃はうなずく。舟は動き、北側の桟橋へと移った。桟橋から堤に出る急勾配の階段を、音乃と源三は登った。

堤に出たとき、念のためと網代笠《あじろがさ》で音乃と源三は顔を隠した。源三は、印半纏を脱いで、着流しの姿となった。

佐久間《さくま》町側の堤から、様子が見られる。都合よく、野次馬の塊《かたまり》が土手の上にできていた。その中に、音乃と源三が交じった。

対岸の様子が見て取れる。

捕り手は、町方の手下たちであった。となれば、月番の南町が動いているはずだ。ならば、音乃のことは誰も知らないはずだ。

もっと近づいたところで、前にいる職人風の男に音乃が訊いた。

「何かあったのか？」

男言葉になっている。低く押さえても、ちょっと声が高いのが難点である。

「侍が殺されていたみてえで……」

「侍か？」

職人は振り向き、音乃の顔を見て驚いた様子だ。

「あんた、男かい？」

「そんなのは、どっちでもいい。男といえば男だし……」

「こんな、きれいな男なんか見たことねえな」

「余計なことは、言わぬでもよい。それで、誰が殺されていた？」

職人の、次の一言で音乃は驚愕の声をあげるところであった。

「なんだか、殺されたのは火盗改の同心らしいんで。いつも威張ってやがるから、いい気味ってもんだ」

「……火盗改だと？」

その名を知りたいと、口走ったところで源三の声が聞こえた。

「音弥《おとや》さん……」

男装の場合は、男名に変えている。

源三が、対岸の堤を見ている。

火盗改らしき同心が手下を引きつれ、立ち入りを禁じて立つ捕り手の制止もきかずに土手を下りるところであった。

「あれは、寺内ではないようね」

水際まで下りた同心の顔は、牛面ではない。

「ええ、そうみてえで……」

音乃は何気なく、対岸の土手の上を見やった。

「あっ！」

いく分離れたところにいる侍を見て、音乃は思わず驚愕の声をあげてしまった。

「どうかしましたかい？」

「あそこに、着流し姿で網代笠をかぶった侍がいるでしょ」

小声で音乃は源三に告げる。指を差す仕草はならないので、音乃の視線に源三が合わせた。

「あの、鼠色の着流しを着た侍ですかい。それがどうしたと？」

「笠をもち上げた瞬間、顔が見えたの。あの、馬面が……」

「というと、中岡ってことですかい？」

「中岡が生きていた」

勘は当たっていたものの、驚きで音乃の口は開いたままだ。

「源三さん、行きましょ」

音乃は小声で言って、その場を動き出した。


佐久間町の対岸から、中岡の動向に目を離すことなく和泉橋を渡り、柳原通りへと回った。

柳原通りは、東に向かうと浅草御門から柳橋、そして江戸でも屈指の盛り場である両国広小路に通じる道だ。道沿いは古着屋が多く建ち並び、人の通りで賑わう場所である。

人ごみの中で、どこに寺内配下の密偵がいるか分からない。敵陣深く入り込む覚悟で現場へと近づく。

注視するのは、中岡の動きである。

中岡はずっとその場に立ち尽くし、土手下の現場を見やっている。その様子は、誰かを待っているようにも見えた。

背後から中岡に十間ほどに近づくも、向こうは気づく様子はない。

やがて、堤が慌しくなった。

「どけどけ、邪魔だ」

南町の御用提灯をもった捕り手たちが、野次馬を散らしている。

戸板に載せられ、莚《むしろ》をかけられた骸《むくろ》が堤に運ばれてきた。

火盗改と町方の同心が話をしている。何を話しているか、もう少し近づきたかったが近くに中岡がいる。

「あっしが行って、聞いてきやしょう」

源三の顔を、中岡は知らないはずだ。

――ただ、寺内の密偵はいるかもしれない。

音乃はむしろ、それを望んでいた。いれば、必ず源三のあとを尾《つ》けてくる。そんな気配を漂わす者をとらえ、逆に利用することを音乃は考えていた。

――敵のものを奪って使え。

これは、孫子の兵法の作戦編にある『――捕らえた敵の、兵士を活用する』の、教えそのものだ。

源三はうまく同心たちに近づけたようだ。その様子を、音乃はずっと見やっている。何か異変が生じたら、すぐにでも駆けつけるつもりでいた。

つっ立つ音乃の背中を、いきなりポンと軽く叩く者があった。場所が場所だけに、ドキンと一つ、心の臓が高鳴りを打った。

「誰だ？」

「脅かしたりしてすいやせん」

鳶《とび》の格好をした、見覚えのない男であった。

「拙者に、何か用か？」

「ここで、何かあったので？」

「ああ、侍が殺されてたってことよ……だ」

着る物によって、言葉を使い分けるのが難しい。ところどころで、言い間違える。訝しそうな顔をして、鳶職人は去っていった。


やがて源三は笠を深めに被り、中岡のそばをすり抜け戻ってきた。

「こんなに驚いたことはありやせんぜ」

音乃に近づき、小声で言った。

「あの骸こそ、寺内でした」

「やっぱり、寺内……」

さして音乃は驚いていない様子である。それを源三は訝しがった。

「なんでえ、知ってたんですかい」

「いいえ。ただ、そうではないかと思っていただけ」

「なんともまあ、鋭い勘で……」

音乃の平静さに、源三は肩透かしを喰らう面持ちとなった。

いや、音乃は内心では驚いていたのだ。心の臓も、大きく鼓動を打った。ただ、源三のあとを尾ける気配に神経を注ぎ、ここでは極力冷静を保っていたのである。

「源三さんのあとを尾ける密偵がいるかもと……」

そこに気を使っていたと、音乃は言った。

「それで、いやしたかい？」

「いいえ、そんな気配は。鳶の職人には脅かされましたけど」

「何かあったんで？」

「うしろからいきなり背中を叩かれ……」

そのときの、状況を言った。

「そりゃ、驚きやしたねえ」

鳶職人のことはどうでもよいと、頭を切り替える。

なぜに中岡が生きていて、寺内が殺されたのか。このときの音乃には、そこまで考える余裕はなかった。

「中岡が動き出しやしたぜ」

「尾けましょう。どこに向かうかまで、知れればいいわ」

源三と二人だけのときは、女言葉に戻る。

筋違御門の八ツ小路へと中岡は向かう。音乃がいるのと反対の方向である。

「舟をそのままにしてて、大丈夫なの？」

「ええ、舟を盗む者は滅多にいません。盗めば、重い罪が待ってやすからね。そんな心配より今は……見失っちゃいやすぜ」

「そうね」

一言答えて、音乃は動き出した。

骸のそばを通り過ぎる。このとき、知っている者に気づかれないかと、音乃は案じていたが、みな骸のほうに気が向いているか、その気配はまったくなかった。

音乃はちらりと、骸が乗る戸板を見たが、莚が被せられた寺内の顔はうかがうことができない。「火盗改の役所に運べ」との居丈高な声が、音乃の耳に入った。

中岡との差を二十間に保ち、あとを追う。

「源三さんは、中岡を見てて。あたしは、うしろに注意をするから」

「へい……」

柳原通りが広くなり、そこが八ツ小路である。右に筋違御門があり、渡れば上野寛《うえのかん》永寺《えいじ》に向かう御成道《おなりみち》となる。

八ツ小路を過ぎると、めっきりと人の通りが少なくなる。武家地に向かう道である。追うほうは悟られないよう気をつけ、後方には尾けられているかどうかを探って歩く。もう少し行けば、駿河台である。先だって音乃が来たところだ。近くに火盗改の役所がある。

　中岡はそこに向かわず、手前の昌平橋を渡った。湯島聖堂裏の築地塀《ついじべえ》沿いを歩き、閑静な武家地へと入った。ここまで来れば、ほとんど人の通りはない。街路樹も少なく、尾行には気を使うところだ。広く、間を取ることにした。

　足を踏み入れたことのない場所である。

「いったいどこなの？」

「右の塀が湯島聖堂で、この先真っ直ぐ行けば水戸《みと》様の上屋敷が……おっと、道を曲がりやしたぜ」

　湯島聖堂の隣は、銃撃の訓練をする幕府の鉄砲場である。その塀が途切れるところを、中岡は曲がった。

「本郷《ほんごう》のほうに向かうな」

　さすがに元岡っ引きである。江戸の土地には詳しいと、音乃は感心する思いであった。

　本郷の町屋を通り過ぎ、再び武家地へと入った。真っ直ぐ行けば、春日局《かすがのつぼね》が祀られた麟祥院《りんしょういん》という寺につき当たる。

「……ずいぶん、遠くに来たものね」

霊巌島からはかなり遠い。音乃独りでは、到底来られないところだ。

その手前、二町ほどのところで中岡は立ち止まると、周囲を気にすることなく、通りから姿を消した。

「この屋敷に入っていきやしたね」

なにくわぬ顔で、屋敷の前を通り過ぎる。

「わたしの実家より大きい」

敷地は五百坪ほどありそうだ。門構えからして、一千石取り級の旗本が住む屋敷である。火盗改の同心であった中岡が住むところではない。

「どちらのお屋敷でしょう？」

屋敷の門前を通り過ぎ、しばらく行ったところで立ち止まった。

家主の名を知りたいのならば、二通りの方法がある。一つは門戸を叩いて当家の者に訊くか、界隈の誰かに訊ねるかである。

後者を選ぶことにした。通りの角の辻番屋の番人に音乃が訊くと、すぐに教えてくれた。

注意していたが、うしろを尾ける者はいない。

敵の者を奪って使えという、孫子の兵法のあては外れたが、得心していた。寺内亡き今は指図する者もなく、密偵も動きようがないに違いないと。

四半刻後、音乃は源三の漕ぐ舟上にあった。

ずっと考えていた。

――あの屋敷が、目付役井山忠治の屋敷。

また一つ、線が結びついた。だが、核心までには至らない。

「どこがどうなっているのだ？」

源三は黙って櫓を漕いでいる。音乃の、男言葉で独りごちる声が、大川の川風にかき消された。

四

そのとき丈一郎は、京橋に近い柳《やなぎ》町の裏長屋に行き、その帰路にあった。

「驚いたな、どうも……」

歩きながらの独り言である。

十二年前、松吉を使っていた大工の棟梁万次郎《まんじろう》の住まいを探り当て、訪ねたあとであった。

当時万次郎は、鍛冶橋に近い南大工町に仕事場を作り、十人ほどの職人を抱えていたが腰を痛め、八年ほど前に引退して柳町に移り住んでいた。

万次郎との話を、思い出しながらの歩きであった。

「——あのころ、松吉が入っていた現場ってのはどこだか覚えていますかね？」

すでに隠居して六十を過ぎた老体である。覚えているかは、あてにできないところであった。

だが——。

「あのころかい。数寄屋橋《すきやばし》近くの牧野《まきの》様の屋敷で建て替え普請があって、その現場に入っていたな。腕のいい松吉がいなくなり、あんときは往生《おうじょう》したなあ」

「そんなに松吉の腕は、よかったのですか？」

「よかったってえもんじゃねえ、とにかく手先が器用だった。とくに、細かいものを作らせたらてえしたもんだ。左甚五郎《ひだりじんごろう》もごめんなさいって、兜《かぶと》を脱ぐってほどだぜ」

「それほどの腕をなくしちゃ、親方も残念でしたね」

「ああ、まったくだ。その手先を買って、あるときゃ指物師《さしものし》みてえな真似をさせたもんだ。松吉が捕まった二年ほど前《めえ》だったか、日本橋本石町の十川屋という米問屋に頼まれてな、一部屋だけの改築をやったことがあった。なんだか、大事なものをしまっておくんで、金庫みてえな頑丈な小部屋を造ってくれと言われてな、職人は松吉を選んだ。それが、あいつの仇《あだ》となってしまった」

十川屋と出たとき、丈一郎の表情は強張《こわば》ったが口を挟むことはなく、万次郎の話が途切れたところで問いを発した。

「どんな頑丈な部屋を造ったんですか？」

「からくり仕掛けの錠で閉められ、他人《ひと》には絶対に開けられねえって部屋だ。普通の錠前ではねえ。扉を開けるまで、いくつもの仕掛けを動かさなくてはならねえってものだ。一月《ひと》ぐれえかけて、そいつをやっつけた。できたと言って喜んでたが、その開け方は誰にも教えてくれねえ。ああ、もちろん俺にもな。知っているのは、松吉とその主人だけだ。事件があった日、そのからくり錠が開けられていた。押し込みが狙ったのは、その小部屋にあったものだってんで、真っ先に松吉が疑われ……」

思い出してつらくなったか、万次郎の話は止まった。

そこまで聞けば充分だと、丈一郎は元棟梁のもとをあとにした。

松吉と十川屋の線が結びついた。

「……松吉と主以外に、扉の開け方を知っていた者がいるのか？　もし、そいつが誰だか知れれば、本当の下手人ていうことだ。だんだんと、近くなってきたな」

早く音乃に報せたいと、丈一郎は道を急いだ。

家に戻っても、音乃の帰りはない。

その間に、丈一郎を訪ねて客が一人来た。与力梶村の内儀、房代であった。

「主人の託《ことづ》けでございます」

一通の書状を渡して、帰っていった。

丈一郎は書状を読んで、さらに落ち着かなくなった。

「音乃の奴、早く戻らんかな？」

立っては戸口に向かい、座っては首を長くして、音乃の帰りを待った。

「あなた、恋焦がれる女《ひと》を待っている、間男《まおとこ》みたいですよ」

苦笑いする律から、多少は悋気のこもった言葉がかけられる。

「何を言うか。事件を解く重要な種《ねた》を仕入れてきたのだ。いち早く報せたいだけだ」

音乃が戻ってきたのは、丈一郎が帰った一刻ほど後であった。

丈一郎は、戸口の上がり框《かまち》に立って音乃を出迎えた。

「待っておったぞ、音乃……」

「お待たせしました」

「実はな、音乃……」

「驚きました、お義父さま……」

互いに急ぎ報せたいことがあり、言葉が同時に発せられた。二人とも上気し、声が上ずっている。

音乃は三和土《たたき》に立ったままである。

「二人とも落ち着いて、部屋に行ってお話をされたらいかがですか」

律が間に入って取りもった。茶を淹《い》れると言って、律は台所へと向かう。

茶の間で音乃と丈一郎は向かい合った。

「まずは、お義父さまから……」

「いや、音乃から先に聞こう」

お互い先に言いたくもあり、何があったかと先に知りたくもある。譲り合うも、記憶が飛んではいけないと、丈一郎の話が先になった。

「ようやく松吉を使っていた棟梁を探しあててな……」

「見つかりましたか？」

「ああ、探すのに先日からずっと苦労していた。そんなのはどうでもよいが……」

丈一郎は、万次郎から聞いた話を語った。語る途中から、音乃の表情が変わっていくのが分かる。

「……ということだ、どうだ驚いたであろう？」

「はい、松吉さんと十川屋にそんな関わりがあるなんて。お義父さまの話を先に聞いてよかったです」

「それとだ、もう一つ驚くことがあった。先ほど、梶村様のお内儀が来てな……これを読みなさい」

音乃の膝元に、書状を差し出した。

〈中岡は罷免に非ず但一個月の謹慎也　殺されたに非ず……〉

なぜに謹慎なのかまでは書かれていない。

書状を黙読して、音乃は言う。

「罷免ではなく、謹慎であったことは知りませんでした」

「どうした？　中岡が生きていたってのに驚かぬようだな」

「はい。中岡ではなく、寺内が殺されました」

「なんだとぉー！　寺内がか？」

丈一郎の驚愕の大音声が、家の中に響き渡った。

「大きな声を出して、どうかなされましたか？」

ちょうど律が、茶を淹れてもってきたところであった。危うく茶飲みを落とすところだったと夫を詰《なじ》る。

「いや、なんでもない。驚かせて、すまん」

茶を一口含み、丈一郎は気持ちを落ち着かせた。

音乃が、詳しく経緯を語った。

「謹慎なのに、出かけていました。なぜに網代笠で顔を隠していたのか、これで合点がいきました」

そして、丈一郎がさらに驚愕する件《くだり》となった。

「中岡は、目付井山様の屋敷に入っていきました」

音乃の言葉に、丈一郎は〝ぶはっ〟と口に含んでいた茶を吹き出した。飛沫《しぶき》が正面に座る、音乃の膝にかかる。

「やはり、お義父さまも驚かれましたね。わたしもそのときは、腰を抜かすほど驚きました。これで、四つの凧《たこ》が糸で結びつきました」

膝の濡れは気にもかけず、音乃は連凧に譬《たと》えて言った。

「四つの凧と音乃は言ったが、まさにそのとおりだな。十川屋に松吉、火盗改の中岡と目付の井山か……」

「もう一つありました。これに千州屋が絡んでいれば、五つの凧です」

「千州屋の千恵蔵か……」

丈一郎の脳裏に、千州屋の主《あるじ》千恵蔵の鰓《えら》が張った顔がよぎった。

――あの顔、昔、どこかで見たようなんだがな？

今まで思ってもいなかった疑問が、にわかに丈一郎の頭の中に浮かんだ。

「どうかなされまして？」

「いや、千州屋の顔をどこかで見たようだと思ってな。いや、それはどうでもいい。

話を先に進めよう」

「はい、お義父さま。この事件、ずいぶんと近づいてきたみたいですね」

「そうだな。わしの勘だが、六つの凧になるかもしれんぞ」

丈一郎が、意を得たようにうなずきながら言った。

「と言いますと……？」

「目付の上だ」

「ということは、幕閣。そうなりますと、若年寄様……？」

「そう考えられないこともない」

丈一郎の言葉で、音乃は空高く舞い上がる連凧を思い浮かべた。一番先にある凧は、途轍《とてつ》もなく高いところにある。ふーっと一つ、音乃はため息を吐いた。

すべてが連凧のように繋《つな》がれば、松吉の仇が討てる。

矢吉とお糸の無念を晴らし、約束を守りたいのが音乃の悲願である。

——二年もかからず、どうやら解き明かせそうよ。

江戸から離れた兄妹に、思いが通じるようにと音乃は心の中で願《がん》をかけた。

「ところで、お義父さま。からくり仕掛けの錠は、松吉さんと十川屋のご主人以外は開けられないとおっしゃってましたね？」

「ああ。かなり解くのが難しい、からくり錠だったってことだ」

「もう一人、解き方を知っている者がいたのでしょうか？」

「そうとしか、考えられんな」

「その、もう一人というのが誰かというのを確かめられれば……」

「ことは一挙に解決するだろうが、からくり錠を解くくらい難解だ。生き証人はいないしな」

「ところで、どれほど開けるのが難かしい鍵だったのでしょうね」

「すでに現場の家屋も建て替えられているし、今となっては調べようがない。棟梁の話だと、かなりのものだったらしいがな」

ふーっと、丈一郎も深い息を吐いた。

二人の思案は、からくり錠に集中した。

――必ず松吉以外に、鍵を開けた者がいる。そして、狙いは小部屋の中にあったもの。

「三百両の借用証文か？」

「もしかしたら、三百両の借用証文……？」

奇《く》しくも丈一郎と音乃の口から、同じ言葉が独りごちて漏れた。

また一つ、連爪が頭の中で結びつく。

「あっ、そうか！」

双眸を見開き、音乃が声を発す。

「何か閃《ひらめ》いたか、音乃？」

こういう表情をするときの音乃は期待がもてると、丈一郎はいく分体をせり出した。

「鍵を開けたのは、十川屋のご主人本人ではないかと……」

音乃は、もう一人いたという考えを覆《くつがえ》す。

「ほかの者ではない、というのだな？」

「はい。開けたというよりも、開けさせられたといったほうが正しいかもしれませんが……」

その意見には、丈一郎は首を捻る。

「だが、その前に主は蒲団の上で殺されていたのだぞ」

「それは、火盗改から出た話。ほかに誰も現場を見た者はいないはず」

「なるほど……」

丈一郎は、考えを撤回した。

「あくまでも、憶測ですが……」

断りを先に言う。

「小部屋の中にあったあるものを盗んだ者と、ご主人たちを殺した者はまったく別の者かもしれません。それも、あまり時を違わずに……」

音乃は考えを整理するために、一拍の間を開けた。

「あの日十川屋さんには、二人ないし三人が多少時を違えて別々に入った。一人目はご主人に鍵を開けさせる人。二人目は、ご主人たちを殺す人。そして、もう一人いたとしたら……」

音乃の言葉が止まった。丈一郎から目を逸らし、下方を向く。

「もう一人とは……？」

膝を乗り出し、丈一郎が問うた。

「事件を揉み消す人」

「それが、中岡ってことか？」

音乃は無言で小さくうなずき、さらに口にする。

「鍵を開けろと言われれば、ご主人も首を振ることができないお方……」

「それが当時火盗改の長官《かしら》であった、井山ってことか？」

「そして……」

丈一郎の問いには答えず、音乃の語りがつづく。

「十川屋から、米問屋を認可する鑑札を奪い、屋号を書き換えたその人こそ、殺しの下手人……」

「千州屋の千恵蔵か？」

丈一郎の声が、震える。

鑑札は営業許可証である。大切なものだが、滅多に他人に見せるものではない。米問屋の認可を得るには、面倒な手続きがいるものだ。その煩わしさを省《はぶ》いて、手っ取り早く店を立ち上げるには、鑑札一枚あればよい。背後に幕府のお偉方がついていれば、提示を省略することもできるであろうと、丈一郎は読んだ。

「鑑札に書かれてある十川屋に、ノの字とちょんちょんちょんをつけおったか」

「そう思って、間違いございませんでしょう」

そして、音乃のもう一言。

「これは、あくまでも仮の話で……」

にこりと微笑みながら言う音乃に、真之介の魂が乗り移っているのではないかと、丈一郎は錯覚せずにいられなかった。

五

音乃の説にそって動くことにした。

これが外れたら、一からの出直しとなる。だが、音乃は自分の説を信じた。というよりも、自然とその方向に手繰《たぐ》り寄せられる力を感じ取っていた。

「わたしが囮《おとり》になります」

音乃は、丈一郎に向けて策を説く。

「危ないが、それ以外になかろう。音乃ならばこそ成せる業《わざ》だ」

策を聞き、丈一郎が大きくうなずきながら言った。

「源三を、岡っ引きに戻すか」

真之介の手下であった、目明しの長八を引き込もうかとも考えたが、思いとどまった。今は定町廻りの吉田という同心についていて、長八に頼むのは気が引けた。

三人で動こうということになった。

その夜、源三を呼んで策が授けられる。

まずは、丈一郎と音乃の口から交互に経緯が語られた。

「へえ、驚きやしたねえ。えらいことになってやしたねえ」

「それでまた、源三に頼みたいことがある」

「なんなりとおっしゃってくだせえ」

「相手はかなりの大物だ。先だって以上の、難が及ぶかもしれんのだぞ」

「とんでもねえ、もとより承知ですぜ。旦那と音乃さんは、あっしにとっちゃかけげえのねえお方だ。久しぶりに血が滾りやすぜ」

「よし、分かった」

丈一郎は立ち上がると、簞笥《たんす》の引き出しから紫の袱紗《ふくさ》に包まれたものを取り出した。

そして、源三の膝元に置く。

袱紗を開くと、真鍮《しんちゅう》銀流しの十手《じって》であった。朱色の房もついている。

「源三の得物はこれだ。いざというとき役に立つだろう」

「こいつは、あっしらなどがもつもんじゃありやせんぜ」

「そんなことはかまわん。誰がもとうと、役に立ってこその十手なのだからな。やたらと見せつけて、威張り散らすための道具ではない」

丈一郎の、皮肉がこもる言葉であった。

「預からせていただきやす」

十手を両手でもち、頭の上で捧げる所作をした。

「それにしても音乃さんは、度胸がおありでやすねえ」

「真之介さまと逢えるなら、命なんて惜しくありません」

「何を言うか音乃。真之介は地獄、音乃は極楽浄土で行き先が違うぞ」

三人が声をそろえて笑うその先に、暗澹《あんたん》たる闇が待ちかまえている。

音乃を囮にして、中岡を誘き出そうとの考えだ。

律に切り火を打たれ、三人が動き出したのは、昼四ツを報せる鐘が鳴るのとちょうどであった。

音乃はきのうと同じ、男装の若武者姿である。五つ紋が入った、弁柄《べんがら》色の小袖に、薄鼠色の平袴を穿いている。着る物の色を、あえて目立つ色に変えた。

刀も、真之介形見の大小二本を腰に差す。

「おお、男装の若武者姿もよく似合うな」

「どうです、これでよろしいですかな？」

声音を押さえ、音乃は男言葉になった。

丈一郎の身形《みなり》は、着流しの上に肩衣の羽織をまとった隠居侍風情である。腰に差すのは、刃長二尺二寸八分の大刀で茎《なかご》には『肥前國忠吉《ひぜんのくにただよし》』と、銘が刻まれている。脇差と共に、二本を帯びた。丈一郎だけ菅笠《すげがさ》を被り、顔を隠す。

源三は、動きやすいようにと鼠色の小袖を尻っぱしょりにして、紺木綿の股引に黒足袋、下履きは雪駄《せった》である。そこに縞模様の羽織でも被せれば、立派な岡っ引きである。そこまではおこがましいと、羽織は省いた。

預かる十手は、懐の奥にある。

「こんな格好が、またもできるとは思いませんでしたぜ」

感無量といった、源三の面持ちであった。

舟ではなく、徒歩である。

三者三様の格好で向かう先は、日本橋から神田を通り湯島、本郷界隈である。中岡が、足を踏み入れそうなところを歩くことにする。

井山の屋敷まで辿れば、中岡と遭遇すると読んでの道行きであった。

その前に、寄るところがあった。

今川橋《いまがわばし》近くの永富町で米問屋を商う『千州屋』である。ここを訪れ、主の千恵蔵に探りを入れるためである。

日本橋を渡り、室《むろ》町一丁目の橋の袂に渡り切ったところであった。

丈一郎が、ふと足を止めた。見やっているのは、辻に立てられた高札であった。

「いかがしました、お義父さま？」

音乃の問いには答えず、じっと高札を見ている。高札にある人相書きをまじまじと見ると、眉間《みけん》のあたりに仏様のような大きな黒子《ほくろ》がある。ほんの些細なところで、記憶の糸が引っ張られるというのはよくあることだ。

「……そうだったのか」

先日から頭の中でもやもやしていた霧が、一気に晴れたような気分を丈一郎は味わっていた。似面絵《にづらえ》の顔は、まったく別の者であるが、手配書にある黒子が、丈一郎の記憶の奥の奥にあるものを引っ張り出したのだ。

丈一郎は、上気して赤くなった顔を音乃に向けた。

「思い出したぞ。あの男は『壁破《かべやぶり》の勘十郎《かんじゅうろう》』であったか」

「壁破りのなんとかと聞こえましたが……」

「千州屋の主、千恵蔵の異名だ」

「なんですって？」

甲高《かんだか》い音乃の驚声に、道行く人の数人の顔が向いた。

「千州屋に立ち寄る前に、どこかで一休みしていこう」

日本橋目抜き通りの、適当な茶屋を見つけ三人は入った。

周りの客に聞こえないほどの小声で話す。

「千恵蔵の顔は、二十年ほど前に見た、手配書の似面絵の中にあった。高札に貼ってある人相書きを見て思い出した。千恵蔵はその昔、壁破の勘十郎と二つ名のつく盗賊だ」

壁破とは、壁を壊すことではない。どんな難しい鍵でも開けられるという意味でつけられた異名であった。

大分古い記憶である。

「間違いがございませんか？」

音乃が半信半疑に問うた。

「ああ、間違いがないだろう。けっこう特徴をとらえていたし、顎《あご》に胡麻《ごま》粒ほどの黒子が何よりの証しだ」

と、丈一郎は大きくうなずき断言する。

「だとしたら……」

「ああ、たいへんなことになる」

「壁破の勘十郎でしたら、あっしも名前《なめえ》ぐれえは知ってやす。捕まったって話は聞いたことがありやせんね」

「ああ、おれも聞いたことがねえ。もしや、それが今は大店《おおだな》の主ってことか。いったいなんでだ？」

大きな疑問となって、丈一郎の脳裏に刻まれた。

こうなると、千州屋への見方も違ってくる。これから行く千州屋の主の顔を、丈一郎は頭に思い浮かべていた。

四半刻ほどして茶屋を出る。足はまっすぐに、千州屋へと向いた。

十川屋があった場所からは、四町と離れていない。今川橋で八間堀を超えた北側に、神田永富町はあった。

米問屋千州屋の在り処はすぐに知れた。店先に大八車が三台並び、それぞれに米俵が積まれている。奉公人が忙しく店と外を出入りし、繁盛している様子がうかがえる。

外にいる奉公人の中に、丈一郎の知る顔があった。先だって千恵蔵の供についていた巳吉であった。主の懐から財布を掏《す》った矢吉とお糸のあとを追った機転が利く小僧である。

やがて三台の荷車は配達に出るか、店先から去っていった。

巳吉だけが店先に残り、地面に落ちた俵の藁屑《わらくず》を掃き集めている。丈一郎が巳吉に近づこうと、足を速めたところ、

「お義父さま」

止めたのは、音乃であった。

「どうした？」

見ると、巳吉に近寄る男があった。

「中岡……」

やはり網代笠で顔を隠しているが、音乃と源三には確信できた。昨日とまったく同じ着姿であったからだ。

路地に隠れ、中岡と巳吉のやり取りを見やる。千恵蔵への取次ぎにしては話が長い。

「何か、託《ことづ》けをしているようだな」

ところどころで巳吉がうなずいている。

中岡を誘《おび》き出す前に、こちらから見つけた。

千州屋も気になるし、中岡も気になる。

元より中岡と接触し、真相を暴こうとの策である。

「わたくしが中岡を尾《つ》けます」

「あっしも行きましょうか？」

「いえ、どこに行くか探るだけですから、わたくし一人で……」

「源三にはやってもらいたいことがあるので、こっちにいてくれ。中岡のほうは音乃に任せればいいだろう」

落ち合う場所を井山の屋敷の前と決め、二手に分かれることにした。

巳吉に用を告げて、中岡が去っていく。道を北に取り、戻る形であった。

「気をつけて行け」

「はい」

中岡のあとを、音乃が追った。

店の中に入ろうとする巳吉を、源三が呼び止めた。

「ちょっと待て、巳吉だな？」

いきなり名を呼ばれ、巳吉の驚く顔が向いた。

「こういう者だ」

源三は、懐に手をやり十手の柄を見せた。

「なんのご用でございましょう？」

巳吉の、脅える声である。

「捕まえに来たのではないから安心しろ。ちょっと巳吉に訊きたいことがある。店から出られるか？」

「番頭さんに訊きませんと……」

「だったら、呼んできな。その前に、主人の千恵蔵さんはいるか？」

「出かけてまして、昼ごろと言ってましたからあと半刻は戻ってきません」

「そうか。なら、番頭を呼んできな」

巳吉が店の中に入り、すぐに六十にもなろうかという痩せ老いた番頭を連れて出てきた。着ているものは、大店の番頭らしくなく、ずいぶんと着古したもので、見るからにみすぼらしい。

　――質素にもほどがあるぜ。

　初対面の、第一印象である。

「巳吉に訊きたいことがあってな、少し借りるけどいいか？」

　懐の十手をちらつかせ、源三が言った。

「巳吉が、何か？」

「先だって掏摸《すり》を捕まえてな、そのことで詳しく……」

「左様でしたか。それでしたら、どうぞどうぞ」

　番頭の許しを得て、巳吉を連れ出す。甘いものでも食いながら話そうということになった。

　店から一町ほど離れたところに、甘味と暖簾《のれん》に書かれた茶屋があった。二脚の長床几の片方に源三と巳吉が並んで座り、丈一郎が向かい側に座った。

「おれのことを、覚えているか？」

「はい。巾着切を捕まえたとき一緒に番屋へ……」

「よく、覚えていたな。実は、おれは隠密同心……」

　声音を落として、丈一郎は言った。声音に威厳を宿す。子供相手に脅かしたくはなかったが、正直に語らせるには仕方ない。

「訊いたことに、正直に答えな」

「はい」

「さっき来た、侍の名を知っているか？」

「火盗改の、中岡様です」

「しょっちゅう来るのか？」

「はい。月に一度は来られます」

「何をしに？」

「手前には、分かりません。ですが、いつも来たあとは上機嫌の様子で帰っていきます」

「いつも、こんな昼前にか？」

「いいえ、きょうはたまたま火急の用事とかで」

「何か、託けていたようだな？」

「見ておりましたので？」

「訊かれたことだけに答えな」

「旦那さまは留守だと言いましたら、何やら考えているご様子で。仕方なく、手前に告げたようです。主以外には誰にも言うなよと、釘を刺されました」

「何を告げていった？」

「きょうの暮六ツ、御前《ごぜん》の屋敷に来いと……」

「御前て誰だ？」

「手前が知るはずありません」

「そうだったな」

「ただ、旦那さまは以前、本郷とかなんとか言ってました」

「本郷だと。釘を刺されているのに、よくも簡単にしゃべったな」

「はい。あの中岡って男は好きじゃありません」

　ここで巳吉の肩が、ガクリと落ちた。言い知れぬ事情を、丈一郎は感じた。すかさずに問う。

「どうしてだ？」

「あの男が来るたび、旦那さまは元気がなくなります。そういえば、帰りしなはいつも重そうに風呂敷包みを抱えてました」

「風呂敷包みだと？」

「はい。中身は小判だと思います」

「金か。ところで、店は繁盛しているようだが……」

「はい、おかげさまで。ですがおかしいことに、いつも番頭さんが嘆いています」

「なんてだ？」

「お金がなくて、支払いが足りないって。みんなあの中岡って男がもっていってしまうんだなと、手前は思っていました」

「……やはり、質素倹約ではなかったか」

呟いたのは、源三であった。

巳吉に訊くのはここまでと、団子三本食わせて店に帰した。

「どうだい、巳吉の話？」

「驚きやしたね。中岡が千州屋を仕切ってたとは。ただの袖の下では、なさそうで……」

丈一郎の問いに、源三が返した。

六

十五間ほどの間を保ち、音乃が中岡を尾けている。

日本橋からの目抜き通りを歩き、八ツ小路に出て昌平橋を渡ったところで行先は知れた。

きのうとは道順が異なり、神田明神《みょうじん》の参道入り口の前を通り本郷へと向かう。

音乃に気づく気配もなく、案の定中岡は周囲を気にしながらも、井山の屋敷へと入っていった。

「……謹慎中だってのに」

呟いたところで、いきなりうしろからポンと軽く肩を叩く者があった。

「誰？」

ドキンと一つ心の臓が鼓動を打つものの、さほどの驚きはなかった。

「……お義父さま？」

音乃が振り向くと、丈一郎と源三ではないまったく別の男が立っている。にんまりとした形相で音乃を見やる。

「やっぱりあんただったかい」

「そなたは……」

音乃にも、男に見覚えがあった。舟の上で寺内が密偵と言っていた取り手たちの中に、その男の顔があったからだ。この日は髷の先をずらし、遊び人の風体《ふうてい》である。

「舟の上とは見違えたぜ。きょうは男装で、いろいろと身形《みなり》を変えるものだな」

「おまえはあのときの」

「無理して男言葉なんか使わなくていいぜ。ところで、こんなところで何をしている?」

「なんだっていいだろ」

「これ以上探るなって、言われてたんじゃねえのか?」

そこに、もう一人遊び人風の男が駆けつけてきた。やはり、舟の上にいた男である。

二人とも、四十歳を超えたあたりの、齢のいった男であった。

「やっぱり、この間の女だったぜ」

「まだ、探っていたのか? やっぱり男の形《なり》にさせても、かなりの上玉だな」

好奇な目で、音乃を見やる。

二人が音乃の相手となった。

「中岡に用事がありそうだが、だったらここまでにしておいたほうがいいぜ」

おかしな物言いと音乃の首が傾ぐ。中岡の名に、敬称が抜けている。

「おぬしらも、中岡のことを探っているのか?」

音乃の問いに、密偵たちは無言であった。

「もしや、寺内が殺されたのは、中岡と関わりがあるのか？」

音乃の問いに、二人は顔を見合わせた。そして、双方うなずく。

「ちょっと、顔を貸してくれねえか。あそこに麟祥院て寺がある」

二人に挟まれるように、音乃は従った。

扁額に春日局霊廟とある。山門を潜り、境内へと足を入れた。周囲は、鋭い棘《とげ》のある枳殻《からたち》の生垣が巡らされている。

住職も寺男も外になく、参拝客もいない。静かなたたずまいであった。

「こんなところで、何をしようという？」

問いには答えず、二人は懐から匕首《あいくち》を抜いた。

「おとなしく引き下がれと言ったはずだぜ」

「あまり、火盗改のことは知らんほうがいい」

二人が交互に言う。

「そうか、寺内でなく中岡の手先だったのか？」

「誰の手先でもねえ」

「嘘をつけ。誰の手先でもない者が、なぜに拙者に刃など向ける」

「余計なことを探っているからだ」

「もしや、お前ら……？」

音乃に、思い当たる節があった。

勘が外れてもどうってことはない。

「壁破の勘十郎の、昔は手下だったのじゃない？」

音乃が、ズバリと切り出した。

気持ちが高ぶったか、男装であることを失念し女言葉となった。

男たちが驚いたのは、音乃の言葉づかいではない。

「なんだと！　なぜその名を知っている？」

図星であった。

「すべては、お見通しだ」

とは言ったものの、勘十郎の手下だった者がなぜに火盗改の密偵でいたのかが分からない。

――ならば、この者たちから聞き出せばいい。

「……さてと、どうやって？」

もう一つ鎌をかける。

「十二年前、十川屋さんを襲ったのはお前らだろう」

明らかに、動揺があった。二人とも顔面が蒼白になるのが、音乃にもはっきりと見て取れた。

「そこまで知られていちゃ、生かしておけねえ。どうせここは墓場だ、殺《や》っちまおうぜ」

喉から絞り出るような、声音であった。

おあつらえ向きに、戦いを挑んできた。

九寸五分《くすんごぶ》を懐から抜き、腹の脇に据え、一気に突き出そうという構えであった。

音乃は脇差の柄《つか》をもち、鯉口《こいぐち》を切った。そして、おもむろに抜く。物打ちを返して棟《むね》で打つ構えを取った。

「女だてらにやろうってのかい？」

「女ではないと言っているだろ」

両脇に二人は立ち、どちらが先にかかってくるか分からない。音乃は剣先を一方、顔はもう一方に向けた。

「いくぜ！」

かかってきたのは、二人ほぼ同時であった。脇腹を抉《えぐ》ろうとする片方の匕首を、脇差の棟で跳ね返し、もう片方の匕首は返す刀で打ち払った。音乃にしては、造作のない防御であった。

態勢を崩す二人に、音乃は攻撃を仕掛けた。小太刀を二振りして、相手の胴と肩を打った。

音乃の、相手ではなかった。着物を汚すことなく、二人を脇差の棟で打ちつけた。地面に這いつくばって、当分動けそうもない。二人をそのままにして、音乃は井山の屋敷前へと向かった。

ちょうど反対側から、丈一郎と源三が歩いてくるところであった。


暮六ツが近づくまで、麟祥院の境内で待つことにした。

まだ昼時である。住職に事情を話し、庫裏《くり》の一部屋を貸してもらった。

その間、二人の男を問い質《ただ》す。

一番大きく驚いた件《くだり》は、中岡が寺内を殺《あや》めたということだ。寺内も、中岡がもつ秘密のからくりを裏から探っていたのであった。

「要するに、寺内もわしらと同じことを探っていたのだな」

「それが露見したことを知って……」

元勘十郎の配下で、寺内の手先であった二人の男からおおよその経緯は聞いた。重要な生き証人である。

以前、音乃がどこかで見られていると不穏を感じたのも、この男たちの視線であったことが知れた。

あとは、壁破の勘十郎こと千州屋千恵蔵から聞き出せば、真相に結びつく。

一挙に解決に向かう道筋が見えたと音乃と丈一郎、そして源三の目に光が宿った。

西に大きく日が傾く、薄暮となった。暮六ツまでに、あとわずかという時限まできている。

「ちょっと行ってくる。千恵蔵が来るころなのでな」

そう言って麟祥院を出たのは、丈一郎と源三であった。

音乃は男たちを見張り、丈一郎たちが戻ってくるのを待った。

捨て鐘が、三つつづけて鳴った。本撞きの前の、刻を報せる鐘である。まだ、あたりは明るさが残る。

向かいから歩いてくる、一人の男がいた。

千恵蔵が勘十郎であったことは、すでに男たちから証しを取っている。

「あいつだ」

井山の屋敷の、脇門を潜る前に千恵蔵を捕らえなくてはならない。

源三を門の手前で待たせ、千恵蔵を逃がさない態勢を取った。

屋敷の塀に差しかかる前で丈一郎一人がわき目を振らずすれ違う。

千恵蔵は、丈一郎に気づいていない。

丈一郎は、すれ違うとすぐに振り向き、背後から声をかけた。

「壁破の勘十郎」

ビクッと肩が動き、千恵蔵が立ち止まる。

「誰だ！」

驚愕の形相で、千恵蔵が振り向いた。

「あっ、おまえは先だっての！」

千恵蔵は、丈一郎を覚えていた。

「あんたに訊きたいことがある。一緒に来てくれないか」

丈一郎の言葉も聞かず、千恵蔵はすわとばかりに逃げ出す。

それは、許さない。

行く手で待っていた源三が、千恵蔵の前に立ち塞がった。

二人に挟まれ、千恵蔵は身動きが取れなくなった。

そこは、井山の屋敷の門前であった。あたりに人はいない。

それでも抗《あらが》うか、井山の屋敷に逃れようと体を脇門に向けたところで、丈一郎が居合で刀を抜いた。瞬時に刀を裏返し、棟を千恵蔵の脇腹に当てた。

げほっと噯気《あいき》を吐いて、その場に跪《ひざまず》く。

「さほどの当身ではない、動けるだろう」

打ち込みは、加減してある。

源三に肩を抱かれ、千恵蔵は麟祥院へと連れていかれた。


屋敷の奥まった部屋で、暮れゆく庭を眺めている男がいる。

齢は五十歳ほどで、着流しの上に袖なしの羽織を纏っている。幕府目付役井山忠治が城での勤めから戻り、私邸にいるときのくつろぐ姿であった。

「千恵蔵の奴、遅いではないか」

暮六ツの鐘が鳴り終わり、背後に控える男に言った。

「間もなく来ると思われます。もう少々お待ちを……」

答えたのは、中岡伝三郎であった。

「もう、千恵蔵は使えんな」

言いながら、井山がゆっくりと振り向く。頰が弛《ゆる》み、下膨れの顔である。黙ると口は、への字に曲がる。一重瞼《ひとえまぶた》で、下がる目尻に好色の相がうかがえる。

「千恵蔵に引導を渡し、これですべてを打ち切りといたします。自分の身にも、火がついてまいりました」

「寺内も、余計なことを勘繰ったものよ。口を封じたのは、正しかったな」

「はい。十二年前の事件の経緯を見透かされていたとは思いませんでした。長官《おかしら》にばらすと言われ、やむなく……」

「これで、千恵蔵がいなくなれば、すべては闇の中か」

「はい。知る者は、いなくなります。ただ、気になる者たちが……」

「気になる者たちだと？」

「いえ、もうその者たちは厳重に押さえつけてあります。あのとき獄死し松吉の身内で、真の下手人が知りたいと。ですが、五十を過ぎた老体と、娘だけでは何もできませんでしょう。いざという場合は、こちらで片をつけます」

「そんな危い者たちを、なぜ生かしておく。とっとと始末してしまえばよいのだ」

「五十の老体は、元は北町奉行所の定町廻り同心だった男でして。現役であれ、隠居であれ、同心が殺されたとあれば、北町の威厳にかけても下手人を捜すでしょう。揉み消しも利きませんので、むしろそのほうが危険であるかと」

「ならば、仕方あらんか。だが、くれぐれも用心せよ。絶対に若年寄様までたどり着いてはまずいからな」

「はっ。明日からも密偵を見張らせ、変な動きがありましたら即刻仕留めます」

「ああ、そうしておけ。それにしても、千恵蔵の奴遅いな。いつまで待たす気だ」

いらいらの募る、井山の口調であった。

外の残光は徐々になくなり、闇が迫ってきている。暮六ツの鐘が鳴り終わり、四半刻ほど経とうとしている。

「千恵蔵は、もう来んな。来れば命は危ないと、察知したのだろう」

「それはないと思われますが」

「どうしてそう思う？」

「先だって、書簡を送りました。千州屋は、火の車のようです。そこには三百両返すと書きまして、御前の都合のよいときを追って報せると。きょうは、その託けをもっていったのです。本来ならば、すっとんで来るはずなのですが……」

遅いと、中岡も首を傾げる。そのとき、門の中で異変が起きていることは、広い屋敷の奥にいる二人には聞こえてこない。

そして、襖の向こう側で話を聞いている者さえ気づかずにいる。

玄関までは十五間ほどあり、短冊形に埋められた敷石が誘導している。

「誰だ？」

母家までたどり着く中ほどのところで、声がかかった。

長屋塀の中から、十人ほど井山の家来が飛び出してくると、音乃と丈一郎、そして源三と、後ろ手に縄が打たれ捕らえられた千恵蔵の四人を取り囲んだ。二人の密偵は、門を入ったところで当身《あてみ》を食らわせ眠らせ、庭木に縛りつけてある。

「あっ、その者は……」

家来の一人が、千恵蔵の顔を認めた。

「今すぐ行く。主のところに案内しろ」

言ったのは、音乃であった。

「この者たちは任せて、音乃は千恵蔵を連れて井山のもとに行け」

「はい」

そのとき、音乃の背後を狙って斬りつける家来があった。

「危ない！」

丈一郎が声を発し、瞬時に刀を抜いた。音乃と家来の間に回り込み、その一太刀を打ち払い、刀の棟でもって肩を打った。鎖骨の砕ける感触が、丈一郎の手に宿った。

その一瞬の出来事に、音乃は目を瞠《みは》った。

「さすがでございます。お義父……いや、巽どの」

「何も言わなくていいから、早く行きなさい」

「この男を待ちかねているだろう。誰かひとり、主がいる部屋に案内してくれ」

音乃は、千恵蔵の背中に脇差の鋒《きっさき》を当て、家来に案内をさせると井山のいる部屋へと向かった。


母屋だけでも、ゆうに二百坪はある。平屋だけに、部屋はいくつあるか分からない。廊下をいくつも曲がり、井山の部屋へとたどり着く。

金襖の前で、家来は止まった。

「この部屋だ」

「もう、行ってよい」

音乃は家来を引き下がらせようとするも、首を振る。

「そういうわけにもいかん。との……」

襖越しに声をかけ、開けようとする。

音乃は家来を黙らせようと、正拳をみぞおちに当てた。

部屋の中から、声が聞こえてくる。

音乃は襖に耳を当て、中の話を拾う。

「……すっとんで来るはずなのですが」

「いや、違う。千恵蔵の奴、逃げおったのだ！」

井山の言葉が止まると同時に、音乃は金襖をガラリと音を立てて開けた。そして、男らしく千恵蔵の腰のあたりを思い切り蹴飛ばした。女であるときは、けして見せない音乃の所業であった。

千恵蔵が、井山と中岡の間を裂くようにもんどり打った。

つづいて音乃が入り、襖を閉める。

「あっ、お前は！」

仰天の顔を向けたのは、中岡であった。

「誰だ、こやつは？」

「今しがた言いました、同心の娘です」

「娘なんかではねえ。おれの名は音弥だ。地獄の閻魔《えんま》からの遣いで、てめえらを成敗しにきたぜ。悪事はすべてお見通しってことだ。観念しやがれ！」

伝法《でんぽう》な男言葉で、音乃は啖呵《たんか》を切った。


母屋の外では、丈一郎が肥前國忠吉の大刀を抜き、源三は懐から真鍮銀流しの十手を抜いて、家来八人を相手に立ち回っている。

すでに一人は、激痛でのたうちまわっている。

問答をしている暇はない。丈一郎は刃を返して、棟で打つ構えを取ると先に仕掛けていった。

「うりゃ」

最初の一振りで、相手の肩骨を砕く手ごたえがあった。激痛でのたうち回り、地面に一人悶絶する。

まったく歯ごたえのない相手であった。

太平の世に、刀は見せ掛けであった。これではいく人いようが、丈一郎の相手として敵《かな》うものではない。たちまちのうちに、丈一郎は五人を打ち倒した。

源三の、十手捌きも堂に入っている。十手の流儀は自己流だが、二人の腕や手首を十手の心棒で打ち砕いている。

残る相手は一人。屋敷の中を案内させたいので、痛めるわけにはいかない。丈一郎が刀を鞘に納めようとしたところに、打ちかかってきた。

丈一郎は相手の刀を、三寸よけてかわすと胴を打った。もんどりうって、地面へと沈む。

「まともに動ける者はいないな」

打ち込みに、手加減はなかった。

この広い屋敷の中を、案内できる者がいなくなってしまった。

「仕方がない。家の中を捜し回るとするか」

屋敷の廊下は、まるで迷い道のように交差している。

「井山の部屋はどこだ?」

入って二十歩も進まないうちに丈一郎は迷った。

「もっと、奥に進みやしょう」

空き部屋がいくつもある。一部屋一部屋の襖を開けながら、屋敷の奥深くへと入っていった。

「みつからないな」

丈一郎が、げんなりとした口調で言ったときであった。

「この、大うすら馬鹿やろーが！」

甲高い大音声が、さらに奥の部屋から聞こえてきた。

「あっちだ」

金襖の前に、一人倒れている。

「この部屋だな」

襖を開けようとした手を、丈一郎は自ら止めた。中から声が聞こえてきたからだ。


音乃が、男言葉で諭《さと》している。

「目付けならば、潔《いさぎよ》くしろい」

千恵蔵から奪い取った三百両の借用証文を手にし、ビラビラさせながら音乃は放つ。

「こんな三百両の借財で、十川屋一家四人を斬殺した元火付盗賊改役方長官井山忠治、および、その配下中岡伝三郎。てめえらの因業は、そこに転がってる壁破の勘十郎がすべて白状したぜ。地獄で閻魔の裁きを受けやがれ！」

千恵蔵は、音乃に蹴られた際、勢いで床柱にぶつかり気を失っている。

口調を変え伝法な言葉で凄むものの、啖呵の声が甲高い。

「……声音に、男の迫力がないのが難点だな。ただ、言葉は真之介そのものだ」

襖の外で聞いている、丈一郎の呟きであった。

「おまえみたいな女に、おれたちがやられると思うか」

中岡は立ち上がると、段平《だんびら》を抜いた。さすが火盗改の猛者《もさ》である。構えに隙がない。

「女ではないと、言っておるだろ。この格好を見て分からんか？」

「ええい、どっちだっていい。どうせ、お前も生きては帰さん。井山様は下がっていてくだされ」

「思う存分、始末してしまえ」

部屋の中ほどで音乃は正眼、中岡は上段で構えを取った。

井山は中岡の背後に立ち、固唾を呑んで見やっている。

天井も高く、部屋も広い。充分に刀は振れる。

「こんないい部屋、血で汚すのは忍びない」

言って音乃が刀を返したそこに、

「音乃……いや、音弥。殺すのではないぞ」

襖が開いて、丈一郎の声がかかった。

「分かっておりますとも。お義父さま……」

言い間違えたのを、音乃は気にした。

それが隙となったその瞬間！

「とうっ！」

大刀を振り下すよりも、掛け声のほうが一瞬早く出る。

音乃は、瞬《まばた》きするほどの間をとらえると、右に体を倒した。左の肩を、中岡の刃がかすめていく。だが、音乃の体勢は崩れている。一太刀はよけるも、二の太刀は防ぎきれそうもない。

すかさず中岡は、二の太刀を下段からくり出す。

「おっと……」

ほぼ毎日の、丈一郎との朝の鍛錬が、音乃の動きを機敏にさせた。

中岡の、刀の動きをとらえ、音乃が体《たい》を捻ると鋒が一寸の間を避けて通り過ぎていった。

音乃が体勢を立て直す。

「今度こそは、仕留めてくれん」

中岡は上段に構え直し、音乃の体と正面から向き合った。

上段から、中岡が斬り込んできた。

音乃は、中岡の物打ちを刀の棟で弾き返した。

カキーンと金音《かなおと》を鳴らし、鋼鉄同士がぶつかる。

百目蠟燭一本の薄暗い部屋に、火花が散るのが見えた。

刀の裏である厚い棟は、中岡の手に痺れをもたらせた。握りが緩んだか、中岡の鋒が下に向いたのを、音乃は隙ととらえた。

音乃はすかさず小手を打ち、返す刀で中岡の胴を打った。グスッとした手ごたえがあり、中岡は畳の上に呆気なく沈んだ。

中岡の防御がなくなり、井山がうろたえている。

「誰かおらんか！」

井山が大声で呼んでも、駆けつける家来は誰もいない。

「往生なさりませ」

元火付盗賊改役方長官、現幕府重鎮の職にある目付井山忠治も堪忍したか、畳の上に崩れ落ちた。

決着の時が、これほど早く来るとは思ってもいなかった。これも、真之介の思し召《おぼ》しだと、音乃は得心する思いでいた。

「音弥、見事だったな。この場はこのままにして、引き揚げよう」

丈一郎が、うなずきながら言った。

「このままで、よろしいので？」

逃げられるのではないかと、音乃は案ずる。

「わしらの任務は、ここまでだ。お目付様を捕らえることはできん。どの道、逃げたって無駄なことだ」

「それでは、十川屋さんと松吉さんの無念が……」

「心配せんでも、取れるさ。あとは梶村様にすべてを話し、お目付役と町奉行所に沙汰を任せたらよい」

町方の身分では、井山と中岡を捕らえることはできない。千恵蔵だけ柱に縛りつけ、三人は目付役井山の屋敷をあとにした。

夜道での話である。

「それにしても、音乃の『この、大うす馬鹿やろーが』と怒鳴った声、どこで覚えた、あんな伝法な言葉？」

呆れ口調で、丈一郎が訊いた。

「あら、聞こえておられました？　どこかのやくざ屋さんが言っていたのを、以前耳にしましたのを言っただけでございます」

「おや、女言葉に戻ってやすね」

源三が、笑いながら言った。

七

四半刻後、音乃と丈一郎の身は与力梶村の役宅にあった。

御用の筋と昌平橋近くの船宿から猪牙舟を借り、帰路は源三の漕ぐ舟で、水路を利用した。一ときも早く、梶村のもとに報せたかったからだ。

「――引き潮で、川の流れに乗れたのがありがたかったですね」

亀島橋の桟橋に舟をつけさせる。

「あっしはこれで……」

「ご苦労だったな源三、だがもう少し待っててくれ」

源三をその場に待たせ、梶村の宅へと急いだ。

宵五ツに近い刻となっていたが、梶村は音乃と丈一郎を迎え入れた。

「夜遅く、ご無礼します」

「挨拶など不要だ。何があった？」

尋常でない二人の様子に、玄関先での話となった。

「はい。仮の説を暴いてまいりました」

音乃が興奮気味に言った。

「なんだと！　それでは……」

「すぐに、お手配をなされたほうがよろしいかと、現場をそのままにしておきました」

「いったい何があった？」

「目付の井山様のご私邸で、十二年前の十川屋事件に関わる者を一堂に……」

要所だけを丈一郎は語った。

「身共らではとても縄を打つことができないほどの大物でして、沙汰のほうをお任せしたいと」

「証しはあるのか？」

「これで、ございます」

音乃は言って、懐から三百両の借用証文を出した。よく見ると、やはり十川屋の文字にノの字とちゅんちょんちょんを書き足しているように見える。

「この経緯に関しては、千恵蔵本人とその手下であった者たちから詳しく聞き出してございます」

「分かった、すぐに動く」

捕り物に、昼も夜もない。だが、町奉行所与力という文官が動くには奉行の決済を仰がなくてはならない。しかも、相手は幕府重鎮の目付役である。それと、謹慎されているとはいえ、火盗改の現役同心である。

一考せねばならないと、梶村は足を動かすよりも先に腕を組んだ。

「でしたら、火盗改の役宅へ先に行かれたらいかがでしょう？」

丈一郎の提案に、梶村は動いた。

軍《いくさ》羽織を纏い、野袴を穿いた与力の捕り方の出で立ちに着替えてくる。

外に出ると、梶村の体は西に向いた。音乃と丈一郎は、東に向く。

「どこに行く？」

「駿河台でしたら、舟のほうが遥かに早いかと。源三を、待たせてあります」

こんなこともあろうかとの、丈一郎の勘働きであった。

「……さすが、元は鬼同心と謳《うた》われたお方。やることに卒《そつ》がない」

音乃の呟きは、急ぐ足に消された。

梶村を乗せ、源三が漕ぐ舟を音乃と丈一郎が見送る。

「これでわしらの出番は終わった」

ほっと安堵の表情を見せて、丈一郎が言った。

「井山の屋敷で、最後まで見届けなくてよろしいので?」

「あとは、梶村様に任せておけばよかろう。だが、ちょっとは最後まで見たいものだな」

「そうですわね、お義父さま」

丈一郎も音乃も、やはり人の子である。野次馬根性だって、もち合わせている。気になると、いてもたってもいられず、その足を船宿の『舟玄』に向けた。

船頭の三郎太が漕いでくれるという。ただ、猪牙舟が一艘しか空《あ》いていない。ちょっと、古びた舟であった。

「これしか空いてねえですが、乗ってくだせえ。御茶之水《おちゃのみず》までは行けますぜ」

御茶之水まで行ければ、本郷にはなおさら近い。

音乃と丈一郎を乗せて、猪牙舟が動き出した。

大川に出て、舟は快適に進む。

「これならば、梶村様よりも早くつけるのではないかな」

丈一郎は、並んで胴の間に座る音乃に話しかけた。

「はい、そのようですね」

音乃が、笑みを含めて答える。

「だが、早く着こうがわしらは部外者の素振り。野次馬ってことだからな」

「梶村様にも、お声はおかけいたしません」

「絶対に、他人の素振りだぞ」

「心得ております」

そういう話をしている間にも、舟は神田川へと入っていった。

柳橋を潜り、浅草御門あたりにきたときであった。

「おや……？」

三郎太の首が傾《かし》ぎ、櫓を漕ぐ手が止まった。

「まいったな……」

「どうしたのだ、三郎太？」

丈一郎の問いに、三郎太は困惑した声音で言う。

「舟に水が入ってきたようで……艫《とも》についてる栓《せん》がどうやら……すぐに、岸につけやすんで、降りてもらえませんか」

三郎太が、慌てて近くの桟橋に舟をつけた。

引き返そうかどうか迷ったが、歩いても充分行けるところだ。

せっかくここまで来たのだと、音乃と丈一郎は歩くことにした。

浅草御門から井山の屋敷までは、およそ半里といったところか。急げば四半刻で着ける。

柳原通りを、西に向かって歩みを進める。

和泉橋を過ぎたところであった。

「大丈夫ですか、お義父さま？」

丈一郎の足が、愕然と遅くなった。

「なんの、これしき」

弱音は吐かないものの、足が痛そうだ。

足袋を脱ぐと、足の裏に肉刺《まめ》ができ、それが潰れて血がにじんでいる。膝の関節もガタガタする。脹脛《ふくらはぎ》がつっっぱってきていた。

「それじゃ痛くて歩けないでしょう」

「いや、こんなことで泣き言は言っておられん。先に進むぞ、音乃」

休んでと言っても聞く男ではない。音乃は丈一郎の足に合わせて、ゆっくり歩くことにした。

けっきょく井山の屋敷までは、半刻以上の時を要した。

丈一郎が痛い足を引きずり、ほうほうの体《てい》で着いたときは門前に火盗改の御用提《ちょう》灯《ちん》をもった捕り方たちがずらりと並んでいた。

遠目からその様子をうかがうそこに、

「旦那に、音弥さん、来てたんですかい？」

背中から、源三の声がかかった。

「ご苦労だったな、源三。屋敷の中に入らなかったのか？」

「与力の旦那が、外で待ってろと」

離れたところから見ていて、丈一郎と音乃の姿を認めたという。

やがて正門が開き、ぞろぞろと出てきた。

縄を打たれ、引っ立てられているのは中岡と千恵蔵、そして手下であった二人である。

その中に、井山忠治はいない。

「火盗改では、召し取ることができないほどのお偉方だからかしら？」

音乃が丈一郎に問うた。

「なんとも、言えんな」

呟くような、丈一郎の返事であった。

火盗改の一団の中に、梶村の姿を認めた。

音乃と梶村の目が合った。だが、すぐに顔を反らす素振りをした。それからは、音乃のほうを見向きもしない。

「これは、火盗改内部の不始末だ。外部の者には絶対に触れてはならないことだと蓋《ふた》をする。わしらも知らんことにしておかないと、梶村様が困ることになろうからな」

むろん、丈一郎が言ったわけは音乃にも分かっている。

「これで、片がつきましたわね」

悪党たちが捕えられるのを、見届けることができた。ほっと安堵の息を音乃は吐いた。

帰路にはもう一難儀ある。

霊巌島まで陸路を歩くのは、丈一郎にはきつい。源三は、昌平橋近くの船宿にもう一往復猪牙舟を貸してくれるように頼み込んだ。

翌日の、昼ごろであった。

与力梶村の使いで、内儀の房代が巽家を訪ねてきた。

「梶村から、今夕七ツ半に、当宅にお越しいただきたいと報せがまいりました」

房代は、その用件だけ告げると戻っていった。

言われた刻限に赴《おもむ》くと、梶村はすでに戻っていてくつろぐ格好となっていた。

誰も部屋に近づけてはならぬと房代に言いつけ、丈一郎と音乃を導いた。

「昨夜はすまなかったな。おぬしらのことは火盗改に知れてはならんでな」

まずは、音乃が近寄っていったときの詫びを言った。事情は丈一郎が言ったとおりであった。

「役宅に赴き経緯を話したら、火盗改方長官斎藤利通《さいとうとしみち》様はすぐに動いた。井山の屋敷に入ったら、みな打ち据えられて動けずにいるではないか。だが、長官は誰がやったとは一切訊かなかった。一人だけ、息をしていない者があった」

「井山様で？」

「そうだ。自害しておった」

目付が死んだというのに、いやに簡単な物言いである。

「すると、井山様のことは？」

「もう、そこまでである。この先、探ることは一切ない」

「えっ、そこまでとはいったい……？」

梶村の、落ち着き払った口調に、音乃は首を傾げて問うた。

「音乃、もういいから」

たしなめたのは、丈一郎であった。

「ならば、言おう。お奉行には、今日になりすべてのことを話した。口には出さんが、お奉行はどうやらすべてを見通されていたような様子であった。十川屋の事件は、若年寄の牧野様からご老中に伝えられ、お奉行にもたらされた話らしい」

――連凧の糸を、切ったのね。

若年寄の名が出て、連凧の先端はそこであったかと、音乃は想像をするものの口には出せない。

すべては、闇に葬られる。それも政《まつりごと》かと、音乃は得心をした。

「今話したことは、二人の胸だけにしまっておいてくれ。拙者も知らぬことだからな」

「かしこまりました」

丈一郎と言葉をそろえ、音乃が深く頭を下げた。本来なら、まったく内密にしておきたいところであろう。それをあえて梶村が口にしたのは、自分たちへの信頼の証しと音乃は取った。

話は事件の真相へと移る。

中岡のことは、まだ詳しくは聞いていない。梶村の話に、音乃と丈一郎は居住まいを正して、聞く姿勢を取った。

「中岡は、昔から井山の子飼いであった。ずっと井山の不正に加担しておったのだな。このごろになって中岡の様子に不審を抱いた寺内は、自分なりに探っておったとのことだ。寺内から十二年前の事件をもち出され、ことが露見したことを知り口封じとばかり、昌平橋の袂でバッサリ……」

「寺内様の遺体は和泉橋の上流で……」

「そこまで流れ、杭に引っかかっていたのだ」

音乃の問いに、梶村が現場を見てきたように答えた。

「中岡が寺内を動かし、余計なことをしなければ、おぬしたちも動かずに、探索はもっと長引いたであったろう。焦ったか、つまらぬことで、中岡は墓穴を掘ったのだな」

おおまか、音乃たちが知っていることと同じであった。

「中岡はどうなりますので？」

「詮議も何もかけられないまま、役宅の庭で討ち果たされた。中岡のことも、それまでだ」

中岡の件は、火盗改の揉み消しによってやはり闇の中へと葬られた。

「このことを知っているのは拙者とお奉行、そしておぬしらと源三だけだ。くれぐれも……」

内密にしてくれと、梶村が首を振る。

「かしこまりました」

音乃と丈一郎が、深く頭を下げて答えた。

八

「さてと、十川屋事件のことだが、なんと火盗改の長官斎藤様が配慮してくれた。千恵蔵と手下二人を奉行所に引き渡してくれたのだ。こちらに任すと言われてな。口では語らぬが、気持ちの中では済まぬと思っているのだろう。二人の身柄は、今は奉行所内の止め置き場にある。お奉行の命《めい》で、誰にも手をつけさせないでいる。明日から拙者が直々《じきじき》の取り調べに入るが、その前に聞かせてくれ。千恵蔵たちに関しては、当人たちから聞きおよんでいるであろう？」

「おおそのことは……音乃から語りなさい」

音乃の口から松吉の、無実が明かされる。

「麟祥院の庫裏を借りて、聞き出しました」

前置きを一言告げて、音乃がおもむろに語り出す。

「その昔……」

十五年ほど前のこと、壁破の勘十郎として鳴らした盗賊に足を洗わせ、井山は火盗改の密偵にさせ、同時に二人の手下も引き入れた。以前の罪は反古《ほご》として悪人を改心させ、差口として使うことは火盗改ではよくあることだ。

そして十二年前、火盗改方長官の井山忠治が十川屋から三百両の金を借りていた。その借用書が、松吉の造った金庫のごとき小部屋に残っていた。

「事件のあった二日前、役目と称して、同心中岡と差口奉公となっていた勘十郎を連れて錠前の視察に行ったそうです。そして、錠を開けるのは無理だと、勘十郎ですら首を横に振ったのでした」

昔話を語るような、音乃の口調となった。

十川屋の事件があった、二日前のこと――。

「――ここに、絶対に開けられないという扉があると聞いてな、役目としてどんなものか、後学のために知っておきたい」

このときはまだ、井山は十川屋でこれほどの惨劇が起こるとは思ってもいなかった。勘十郎を連れて来たのは、どれほどの錠かを試させてみることにあった。だが、凄腕で鳴らした壁破の勘十郎が、どんなに試そうが扉はびくともしない。

「こいつは、あっしには無理でございます」

勘十郎は、音《ね》を上げて降参した。

「これは大したものだ。わしが借りた三百両の借用書も中に入っておるのだろう？」

軽口のつもりであったのだろう、いわずもがなのことを井山は口にした。

「はい。ですが、催促は……」

しないと、大旦那の聡三衛門が首を振る。

「他人の前では、そのことはこれだぞ」

苦笑いを浮かべながら、井山は口の前に指を立てた。

「左様でございました。申しわけございません」

二人のやり取りを、勘十郎はなんの気なしに聞いていた。

「金よりも、大切なものを保管してあります」

聡三衛門が、話を添える。

「米問屋の商いを認可する鑑札などもこの中にあるのか？」

「はい、仕舞ってございます」

「この扉なら、安心であるな。どうだ、聡三衛門……」

名で呼ぶところは、長官とはかなり親しそうである。借用書は書いたものの、催促無しの三百両を貸し借りする仲であった。

「はい。なんでございましょう、井山様？」

「どうやってこの扉を開けるか、一度、見せてもらえぬかな」

火盗改長官の頼みとあれば、断るわけにはいかない。

「ようございます」

大旦那の聡三衛門が、得意げになってからくりの錠を開けた。縦横にめぐらせた扉の桟《さん》を上下左右に順序良く動かし、十回ほどの工程で扉の鍵が開くといったものだ。途中、一個所でも違えると扉は開かない。

「なるほどのう。これならば、どんな盗賊が押し入っても開けることは叶わぬな。勘十郎が音を上げたわけだ。どうだ、恐れ入ったであろう、勘十郎」

「はっ」

このとき勘十郎は、頭の中で桟の動きを繰り返し思い浮かべていた。聡三衛門が錠を開けた手順を、じっと見ていたのである。

からくり錠は、頑丈であるも一つだけ欠点があった。

道具を使わなくても、開けられるということだ。手順さえ分かれば、子供でも開けられる。だが、一度見ただけでそれができるほど単純ではない。しかし、そこが、壁破の異名をもつ勘十郎の面目躍如たるところであった。

一度は改心した勘十郎であったが、三つ子の魂百までの喩《たと》えがあるように、心の奥底に溜まっていた邪心が再び鎌首を持ち上げた。

頭から足の先まで黒ずくめにした、三人の犯行であった。勘十郎と捕まえた手下の二人である。二人は差口奉公の勘十郎の密偵として、当時は働いていた。勘十郎が火盗改から抜けた後は、寺内の手下となった。

昼からの雨で店じまいも早く家人、奉公人の寝入りも早かった。夜四ツを報せる鐘が鳴るころには、十川屋で誰一人起きている者はいない。

母屋だけでも、百五十坪はある屋敷である。奉公人たちは、二階に住まいを取っている。

小部屋の近くには、二間《ふたま》空けて大旦那夫婦と若旦那夫婦が寝床を取っていた。子供の部屋は、さらに奥にあった。

鍵開けはお手のものだと、母家へはすんなりと侵入できた。

雨は上がり、泥にまみれた草鞋《わらじ》のまま上がったので、足跡ははっきりと残っていた。手下の二人は裸足になって、足裏の汚れを拭き取り、床も拭った。それで、単独の犯行と見せかける。

壁に掛かる燭台の火を龕燈《がんどう》に移し、勘十郎は仕事に取り掛かった。

これまで、人を殺《あや》めてまで仕事を成し遂げたことはない。勘十郎の心に、このときだけは邪念が渦巻いていた。

自分らの犯行と思わせぬため、残虐であればあるほど、捕り方の手から逃れることができると勘十郎は踏んだ。そして、もう一つ殺害には理由があった。

からくり錠を開ける手順は、おおよそ覚えている。だが、すぐに開けられるという、自信まではなかった。一つ手順を違えたら、まったく開かない。時がかかることを、勘十郎は懸念した。犯行の最中に、もし起きられたらとの不安が宿ったのは否めない。たったそれだけの事由で、寝ている四人を刺し殺した。手を下したのは、手下の二人であった。

小部屋の中には、あてにしていた金はなかった。あるのは、書き付けの書類ばかりである。

勘十郎は、その中から一枚の借用書を奪い取った。井山忠治が借主とある、三百両の書き付けを懐に入れた。

それと、将棋駒のような五角の形をした木板の鑑札が、後生大事と桐箱に収められてあった。

これは金目になろうかと、勘十郎は桐箱ごと奪い盗った。

火盗改が現場に入ったのは、翌早朝であった。

勘十郎が、長官井山忠治の御用部屋に呼ばれたのは、その日の夕刻であった。人払いをしての、話がなされる。

「――近くに寄れ」

火盗改の役宅で、長官と密偵が鼻面をつき合わせて話をする。

「十川屋を殺ったのは、おぬしであろう？」

「はぁ？」

頓狂な声をあげると同時に、勘十郎の額に青筋が立ち、一滴の汗が伝わった。

「どうやら図星のようだな。わしの目をごまかすことはできんぞ」

観念したか、勘十郎は下を向き言葉がでない。

「それで、何を盗んだ？」

「………」

「正直に、言え。さもなくば、この場でひっ捕らえるぞ」

「長官《おかしら》が……」

「もう少し、大きな声で話せ」

ほとんど聞き取れぬほどの声音である。

「長官が借りた三百両の借用書と、米問屋の鑑札です」

それでも、蚊の鳴くような小声であった。

「そいつを、どうするつもりだ？」

「借用書のほうは、破り捨てました。鑑札は、手元に……」

後《のち》に役に立とうかと、勘十郎は偽りを言った。

「本当に破り捨てたのだな？」

「はっ。あんなものは、長官《おかしら》にとってご不要かと……」

「そうか、ならばよい。そこでだ……」

井山は勘十郎を捕らえるでなく、考える風を取った。

「鑑札は、もっているのだな？」

「はい……」

不安げな、勘十郎の声音であった。

「おい、誰かいないか？」

勘十郎を相手にするでなく、井山は大声で配下を呼んだ。

「はっ」

「中岡はいるか？」

「はっ、戻っております」

「すぐに呼べ」

呼ばれたのは、井山の右腕ともいわれる馬面の中岡であった。

「ちこう寄れ……もっと、近くだ」

「はっ」

顔を近づけた中岡の耳に、井山は小声で言う。

「十川屋の、からくり錠を造ったのは誰だ？」

「松吉という、大工職人ですが……」

「その者を、捕らえよ。ただし、今すぐにではなく四、五日待ってからだ。すぐに捕まえるのもなんだ。その間、下手人に仕立て上げるための話を作れ」

「なんですと、長官《おかしら》……？」

「おぬしだけに言っとくが、下手人はこの勘十郎だ」

「なんですって？」

驚嘆の声が、中岡から挙がった。

「火盗改の密偵が不始末を起こしたのだ。こっちに、どれほどの咎《とが》があるかも分からん。そこでだ、松吉を捕らえ……」

下手人にする、謀議がなされた。

「中岡、おまえがすべてを指揮せよ」

「かしこまりました」

うしろめたくも、中岡は長官に伏した。

「勘十郎は、このあと米問屋になれ。その鑑札を利用してな」

「ですが、十川屋と書かれてますが」

「字を直せばよかろう」

十川屋から千州屋に、鑑札を書き換えたのはこのときであった。

そしておよそ二年後、千州屋が立ち上がる。

勘十郎は、千恵蔵と名を改めた。

商いは順調を極めた。だが、その利益のほとんどは井山が吸い上げ、某所に多額の賄賂が送られる。某所が誰とは口に出せないが、勘十郎を米問屋の主に仕立てたのは、上がる利益が狙いであった。

潤沢な資金を使い十年後には、井山は目付役へと出世した。

三百両の借用証文は、勘十郎こと千恵蔵の懐にあったのを井山は知らない。儲けをすべてもっていかれ、長い年月に怨みがこもった。いつしか、その証文で井山を脅そうと、千恵蔵は虎視眈々《こしたんたん》、機を狙っていたのである。

矢吉とお糸に財布を掏られたのは、そんな目論見を実行に移そうとしていた矢先であった。

中岡から巳吉を通し、井山からの呼び出しがあったのが一昨日のことである。千恵蔵はそこを、勝負の場と踏んで乗り込むつもりであった。懐に借用証文を含ませていたのは、そのためであった。

その後のことは、音乃と丈一郎にも知れる。


音乃の、長い語りであった。

「千恵蔵と手下たちが、すべてを吐きました」

と、締めくくる。

梶村は、身じろぎもせず音乃の話に聞きいった。

「もしや……」

ここからは、音乃の想像である。

「もしやとは？」

梶村が、問う。

「長官であった井山は、わざと勘十郎の前でからくり錠を開けさせたのではないでしょうか」

「よく見ておれとか……それもあるか」

丈一郎がうなずく。

「はい。黙して犯行を勘十郎に仕向けたものかと」

「勘十郎なら、やると思ってか？」

「それは、分かりません。案外、三百両の借金を帳消しにしたいために、暗黙でもって、指令を出したのかもしれません」

「たった、それだけのことで四人、いや松吉を含め五人もか……」

ふーっと一つ、丈一郎は大きくため息を吐いた。もう、井山が自害した今では、その真相は闇の中である。

「松吉の、無実が実証されただけでもよしとするか」

「はい。梶村様の口から、それを聞けただけでもうれしく存じます」

音乃は、両手を畳について頭を下げた。

「そうだ、お奉行から音乃にこれを預かってきた」

梶村が、袱紗に包まれたものを差し出す。開けると十両の金が入っている。

「お奉行の約束の報酬だ、取っておくがよい」

「ありがたく……」

遠慮をせずに音乃は受け取る。

半分の五両は巽家の家計の足しに、半分の五両は江戸に戻ったときの、矢吉とお糸のために取っておくことにした。

——後談である。

ものの記録に、火付盗賊改方の長官と幕府要人である目付が、共に時が異なるところで数か月にわたり不在で、空白の時期がある。

後の世に、井山忠治という名が抹消されたことを知っている者は誰もいない。

時代小説
二見時代小説文庫

過去《かこ》からの密命《みつめい》 北町影同心《きたまちかげどうしん》2

著者 沖田正午《おきだしょうご》

発行所 株式会社 二見書房
東京都千代田区三崎町二-一八-一一
電話 〇三-三五一五-二三一一［営業］
〇三-三五一五-二三一三［編集］
振替 〇〇一七〇-四-二六三九

印刷 株式会社 堀内印刷所
製本 ナショナル製本協同組合

落丁・乱丁本はお取り替えいたします。
定価は、カバーに表示してあります。

 ISBN978-4-576-16069-6
http://www.futami.co.jp/

二見時代小説文庫

沖田正午
- 陰聞き屋 十兵衛1～5
- 殿さま商売人1～4
- 北町影同心1～2

浅黄斑
- 無茶の勘兵衛日月録1～17
- 八丁堀・地蔵橋留書1～2

麻倉一矢
- かぶき平八郎荒事始1～2
- 上様は用心棒1～2
- 剣客大名 柳生俊平1～3

井川香四郎
- とっくり官兵衛酔夢剣1～3
- 蔦屋でござる1

大久保智弘
- 御庭番宰領1～7

風野真知雄
- 大江戸定年組1～7

喜安幸夫
- はぐれ同心 闇裁き1～12
- 見倒屋鬼助 事件控1～6

倉阪鬼一郎
- 小料理のどか屋 人情帖1～16

小杉健治
- 栄次郎江戸暦1～15

佐々木裕一
- 公家武者 松平信平1～13

高城実枝子
- 浮世小路 父娘捕物帖1～2

早見俊
- 目安番こって牛征史郎1～5
- 居眠り同心 影御用1～19

幡大介
- 天下御免の信十郎1～9
- 大江戸三男事件帖1～5

花家圭太郎
- 口入れ屋 人道楽帖1～3

聖龍人
- 夜逃げ若殿 捕物噺1～16
- 公事宿 裏始末1～5

氷月葵
- 婿殿は山同心1～3
- 女剣士 美涼1～2

藤水名子
- 与力・仏の重蔵1～5
- 旗本三兄弟 事件帖1～2

牧秀彦
- 毘沙侍 降魔剣1～4
- 八丁堀 裏十手1～8
- 孤高の剣聖 林崎重信1～2

森真沙子
- 日本橋物語1～10
- 箱館奉行所始末1～4

森詠
- 忘れ草秘剣帖1～4
- 剣客相談人1～16